나는 빼앗긴 걸 모두 돌려받고 싶다

나는 백 살에 가장 눈부시고 싶다

초 판 1쇄 2023년 09월 26일

지은이 양지욱
펴낸이 류종렬

펴낸곳 미다스북스
본부장 임종익
편집장 이다경
책임진행 김가영, 신은서, 박유진, 윤가희, 정보미

등록 2001년 3월 21일 제2001-000040호
주소 서울시 마포구 양화로 133 서교타워 711호
전화 02) 322-7802~3
팩스 02) 6007-1845
블로그 http://blog.naver.com/midasbooks
전자주소 midasbooks@hanmail.net
페이스북 https://www.facebook.com/midasbooks425
인스타그램 https://www.instagram/midasbooks

© 양지욱, 미다스북스 2023, *Printed in Korea*.

ISBN 979-11-6910-335-0 03810

값 17,000원

미다스북스는 다음세대에게 필요한 지혜와 교양을 생각합니다.

교사와 엄마로

살아온 30년,

그 아픔만큼

사랑한 순간들

양지욱

지음

나는 백 살에 가장 눈부시고 싶다

남은 인생 하나뿐인 나를 찾아 빛나게 만드는 방법

미다스북스

퇴직 준비,
나도 할 수 있겠네

첫발을
내딛게 하는 책!

안은지(제자, 경기도청 공무원)

  엄마와 선생님, 그 사이의 존재를 의미하는 단어가 있다면 바로 '양지
욱'일 것이다. 언제나 학생들에게 공부를 강요하기보다 "하고 싶은 것을
찾아라."라고 조언해주신 선생님. 당신의 가르침이 결코 말뿐이지 않았
다는 것을 책을 통해 알 수 있었다. 워킹맘이라는 핑계로 하고 싶은 것
을 잠시 놓았던 나에게 이 책은 작은 일이라도 나를 위해 시작하라는 원
동력이 되어주었다. 현실에 바빠 나를 돌보지 못한 이, 자신의 삶이 조금
더 빛나길 바라는 모든 이에게 이 책을 추천한다.

교사로서 퇴직을 앞두고 준비하고 있거나 퇴직은 했는데 이런저런 이유로 인생 2막을 아직 올리지 못한 분들이 많습니다. 저는 후자에 속하지요. 2막의 삶은 '선택'이 더 강조되는데 퇴직 준비로 고심하거나 퇴직 후 삶을 깊이 모색하는 사람이 아니면 자신의 문제로 다가오지 않을 것입니다.

이 책은 양지욱 선생님이 35년간 학생들만 오롯이 생각하며 살아오다가 어느 날 '내가 누구인지도 모르는 말도 안 되는 자신'을 절망스럽게 마주한 후 지난 4년간 퇴직 준비를 어떻게 해왔고, 지금은 어떤 모습인지를 날것으로 보여 줍니다. 새해 첫날에도 학교에 출근하는 일 중독자, 외동딸 입학식 · 졸업식에 제대로 가본 적이 없는 빵점 엄마, 대학수학능력시험을 일곱 번 보고, 대학을 세 번이나 옮긴 딸이 끝내 자신의 일을 찾아 혼신을 다하는 모습, 특별한 정년퇴임을 상상하며 버킷리스트를 만들어 하나하나 이뤄가는 선생님 모습에서 진솔함과 당당함을 볼 수 있습니다.

양지욱 선생님이 퇴직을 준비해온 지난 4년과 지금의 모습을 보면 퇴직 준비가 얼마나 중요한지 알게 됩니다. 양지욱 선생님은 우화 속 솔개처럼 인생 2막을 준비하기 위해 새벽 4시면 일어나 독서와 일기 쓰기를 합니다. 이미 전자책 네 권에 공저자로 이름을 올렸고 이제 선생님의 첫 책이 얼굴을 내밀 것입니다. 2028년 2월 정년퇴직까지 세 권의 책을 쓸 계획도 갖고 있지요.

우리는 모두 시간이 조금 더 남아 있고 덜 남아 있고의 차이가 있을 뿐 퇴직이라는 큰 관문 앞에 서게 됩니다. 2막의 출발선에 서기 전 개명을 하고 소박한 삶을 위해 작은 공간으로 옮기는 등 마음과 몸을 최적의 상태로 만들어가는 양지욱 선생님의 책 『나는 백 살에 가장 눈부시고 싶다』의 일독을 낮은 목소리로 권합니다. 꽤나 반가운 책이 될 것입니다. 고맙습니다.

글쓴이 양지욱은 학교 동료이자 선배이다. 저자를 처음 본 것은 면접장이었다. 면접관으로서 저자가 내게 건넨 말 "당신 참 열심히 사셨군요." 이 한마디가 그렇게 따뜻하게 느껴지고 큰 위로로 다가왔다. 아마도 그건 저자가 이미 자기 삶을 정리하면서 삶에 대한 통찰과 혜안을 가졌기 때문이라고 확신한다.

학교에서 다시 만난 저자는 마치 오랜 세월을 한 방향을 함께 걸어 온 동반자처럼 텔레가 통했다. 그녀와의 참만남은 열심히 살아온 내 인생을 아무 조건 없이 존중받을 수 있는 기회였고, 수없이 많은 도전을 하며 여기까지 달려온 끝에 주어진 보상이자 선물로 느껴졌다.

저자는 30년이 넘는 교직 생활 끝에 작가, 작사가, 유튜브 동영상 제공자 등 제2의 직업으로 확장하며 국어 교사로서, 진로 교사로서 살아온 삶에 녹아있는 도전과 열정이 그대로 살아 숨 쉰다.

오로지 온 정성과 열정을 다해 교사로서의 삶을 살아온 저자의 인생 후반을 순수한 독자로서 응원하고 존경하는 마음으로 이 글을 쓴다.

사람들은 대부분 인생 제1막 커튼이 내려질 때쯤 남은 30여 년의 삶을 어떻게 살아야 할지 고민한다. 이 책은 저자와 비슷한 고민을 하며 인생 2막을 준비하는 모든 은퇴자에게 자기 내면의 소리에 귀 기울여 은퇴 후

8만 시간을 어찌 보내야 할지에 대한 안내 길잡이라고 생각한다.

이 책에서 저자는 교사로서의 삶에 대한 성찰과 반성으로 시작하여 인생의 2막의 새로운 출발선에서 자신의 가치와 삶의 의미를 새롭게 해석하고 찾아 나가는 치유의 시간이자 인생 후반 실행지침서를 마련하고 도전하고 있다.

은퇴 후의 삶에 대한 막연한 계획이 아니라 구체적이고 실행할 수 있는 버킷리스트를 하나하나 챙기며 행동으로 옮기고 있는 저자의 행보가 무척 기대되고 궁금해진다.

나도 저자처럼 인생 후반 설계도와 실행지침서를 구체적으로 만들고 싶다. 이미 저자가 세밀하게 자기 내면을 어찌 들여다보고 있는지, 자기 삶의 의미를 어떻게 부여하고 재해석하며 옹골차게 나아가고 있는지 이 책을 통해 답습하면 될 일이다.

그리하면 백 살에 회한과 쓸쓸함이 아니라 가장 눈부신 한 번뿐인 인생 공연을 마칠 수 있을 테니 말이다.

최성식(제자, 데이터 엑티비스트)

『나는 백 살에 가장 눈부시고 싶다』는 양지욱 작가가 어떻게 직업 '교사'로 학생을 가르쳤는지를 이야기한 책입니다. 그건 작가가 어떻게 살아왔는지 이야기하는 것과 같습니다. 고뇌하는 교육자의 삶을 생명력 가득한 회고로 쉽게 설명해 줍니다. 청아한 새소리 같기도 합니다.

양지욱 작가가 교단에 있는 30년 동안 아이들, 교육과정, 담당 교과목 등 모든 게 변했습니다. 하지만 '선생님'을 직업으로 추구할 한 가지는 변하지 않는 것 같습니다.

학생으로 함께했던 2년 동안. 작가의 습관, 행동, 말투 등 모든 요소를 통해 삶의 지혜와 용기를 전달받을 수 있었는데. 쉽게 가기 위한 족보나 족집게가 판치는 사회를 바로 쳐다볼 수 있는 문해력을 기르기 충분했습니다.

가르쳐야 하는 것은 다르지 않습니다. 아마 형태나 경로가 변하는 것뿐일 겁니다. 어디서 만남이 시작되고 어떻게 효과를 만들지 알 수 없습니다만. 서로의 움직임들이 만나 성장을 이루어낸다는 작가의 말은 전혀 질리지 않습니다. 그 안에 들어 있는 강렬한 사랑 또는 영혼의 힘 때문이지 않을까 짐작해 봅니다.

작가는 아직 교단에 서 있습니다. 그래서 더 설득력 있습니다. 교단을 벗어나고 싶은 기분이 드는 선생님들에게 추천하고 싶은 책입니다. 힌트와 격려를 건네줄 겁니다.

오영주(딸, 한의학과 재학)

엄마 혼자 쓴, 첫 책이 세상 밖으로 나온다고 한다. 이 년 전부터 엄마는 자신의 책을 쓸 것이라고 말했다. 그 꿈을 이루기 위해서 주말 아침은 물론, 시간을 가리지 않고 다른 작가들의 강의를 듣기도 했다. 어느 날 글이 뜻대로 쓰이지 않아서 좌절하는 모습을 보았고, 다른 날에는 목차를 뒤엎으며 화를 내는 모습도 보았다. 그래도 이 책이 나왔다는 것은 수많은 좌절과 절망 속에서도 글쓰기를 포기하지 않았기 때문이라고 생각한다. 이 책의 독자들 또한, 자신이 꿈꾸던 일을 현실로 만들어 나가기를 바란다.

프롤로그

코로나19가
준 선물,

인생의
전환점 되다

사회심리학자 쇼사나 주보프는 미국 하버드 대학 비즈니스 스쿨에서 '후반기 인생 학교' 프로젝트를 진행하면서 "인생의 전반기가 의무적이라면, 후반기는 선택이다."라고 말했다.

35년 동안 교사로 살아오면서 진지하게 명예퇴직을 할까 말까 생각하지 않았다. 업무에 충실해서 내 자식, 내 가족보다 학생들을 먼저 챙겼다.

3월만 되면 항상 새로운 아이들을 만날 생각에 가슴이 설렜다. 방학하고 2주일이 지나면 그때부터 개학이 빨리 오기를 기다렸다. 학교라는 공간을 지독히 사랑했다.

학생들을 위하여 누구보다도 열심히 살았다. 쉬지 않고 달렸다. 학생들이 미래자서전을 쓰고 출판기념회까지 할 수 있게 운영했다. 홍익대학교 미대, 카이스트 진학을 원하는 학생을 위하여 1학년 때부터 지속적으로 상담을 하고, 진학에 필요한 여러 가지 진로 대회와 프로그램을 끊임없이 만들었다. 그 결과물로 학생들이 원했던 대학교에 합격하면 내 일처럼 기뻤다. 재직하는 동안 나를 위하여 살지 않았다. 병가를 낸 적이 거의 없다. 휴직 한 번 하지 않았다.

그런데 어느 날 운이 다가왔다. 코로나19가 준 선물. 2021년 5월. 학생들이 등교하지 않아 교실에서 온라인 수업을 준비하고 있었다. 코로나19로 진로 행사를 진행하지 않아서 그 어느 때보다도 혼자만의 시간은 넉넉했다. 그 시간에 결정적으로 나에게 인생의 전환점이 찾아왔다.

나는 뭐지! 나는 지금 어떠한가? 나는 왜 이렇게 살아왔을까? 나는 왜 이렇게 살고 있지? 지금 나에게 남은 것은 무엇일까? 의문으로 가득 찬 여러 물음이 떠올랐다. 학생들을 위하여 열심히 살았지만 정작 나를 위한 것은 하나도 남아 있지 않았다.

그때부터 '2028년 2월 정년퇴직 후에 무엇을 하며 살 것인가?'를 진지하게 고민하기 시작하였다.

앞으로 무엇을 하며 먹고 살지? 이 고민 앞에서 학생들은 자기가 가장 좋아하는 것부터 찾기 시작한다. 그런데 이 문제는 더 이상 학생들만의 전유물이 아니다. 어른들도 퇴직 이후 '40년 동안 무엇을 하며 살아야 할까?'라는 이 고민을 해결하려면 역시 자기 이해가 필요하기 때문이다.

나를 제대로 알기 위하여 잘하는 것과 좋아하는 것이 무엇인지 주변을 둘러보며 아주 쉬운 것부터 하나하나 찾았다. 정년퇴직까지 남은 4년 6개월 동안, 퇴직 후에 어떠한 삶을 살아야 할지 방법을 찾아서, 집과 학교에서 실천하고 있다.

매년 진로 수업 시간마다 학생들에게 '생각을 바꾸면 행동이 바뀌고, 행동이 바뀌면 습관이 바뀌고, 습관이 바뀌면 인생이 바뀐다.'라는 명언을 가르친다. 말보다 실천이 따라야지. 그래서 실천해 보았다. 먼저 생각을 바꾸었다. 행동으로 옮겼다. 습관을 만들었다. 습관을 만들면 과연 삶이 바뀔까? 아주 작은 습관의 힘을 믿는다. 소소하게 습관을 하나씩 실천하다 보니 어느새 작가와 작사가라는 특별한 삶이 내 눈앞에서 기다리고 있었다.

1장에서 지금까지 살아온 삶을 간단히 정리하고 싶었다. 교사와 엄마로서 30년 동안 열심히 살았던, 가장 빛나던 순간의 흔적을 모았다. 그러다 코로나19가 시작되고, 어느 날 나에게 교사로서 아무것도 남지 않았다는 생각이 들며, 현재 내 삶이 행복하지 않다는 것을 깨달았다.

2장은 정년퇴직까지 남은 시간을 이용하여 은퇴 후 어떤 삶을 살지 준비하는 시간이다. 즉 100세 시대를 맞이하여 긍정적인 마음으로 퇴직 전 남은 인생 준비와 퇴직 후 인생 준비를 어떻게 할지 방법을 찾아보았다. 출판된 책들과 인터넷의 여러 자료에서 노후에 멋있는 삶을 사는 여러 사람을 만났다. 집 안 정리부터 시작하였다.

3장에서는 노후 준비를 위하여 내가 누구인지 자기를 이해하는 시간을 가져, 정체성을 찾았다. 흥미와 적성을 새롭게 발견하였다. 그것을 바탕으로 버킷리스트를 작성하고 하나씩 도전하며 행복한 삶을 준비하기 시작했다.

4장에서는 내가 디자인한 삶에 초점을 맞추었다. 내가 디자인한 집에서, 새로운 운명을 만들기 위하여 이름을 바꾸고, 작사가로, 글쓰기 하며 공부하고, 좋아하는 직업인을 만나며 하루하루 즐겁게 살고 있다. 나라는 존재를 가장 빛나게 하는 사랑스러운 장이다.

5장에서는 눈부신 백 살, 아름다운 마무리를 위한, 은퇴 후 삶의 철학을 완성하기 위하여 노력하는 삶에 집중하였다. 행복한 노후 생활에 필요한 삶의 지혜가 무엇인지 찾아보았다. 나를 행복하게 만드는 모든 활동은 실천을 통하여 습관을 만들어야 한다.

이 글을 읽고 독자들이 '나도 이 정도면 충분히 한 권의 책을 쓸 수 있겠어.'라는 생각이 들었으면 더할 나위 없이 행복하겠다.

자신만의 빛나는 교사 생활을 한 권의 책으로 마무리하고, 은퇴 후의 자신만의 행복한 삶을 설계하는 교사가 되기를 진심으로 바란다.

남은 인생 최고로 반짝이는 나를 만들어 세상에 초대받고 싶다.

2023년 9월

백향(白香) 농원에서

한라산을 쳐다보며

저자 양지욱

4장 오늘의 나는 어제의 내가 아니다

5장 시작하기 좋은 날, 바로 오늘

1장

참 열심히

    살았습니다만…

살암시민 살아진다

"인생의 전반전은 마치 드라마의 시즌 1을 마무리 짓는 시간처럼 성큼 성큼 다가오고 있었다."

"어떵 허느니, 호끔만 촘앙 살암시라. 살암시민 살아진다." 이 말은 제 주도 사투리다. 어쩔 수 있겠느냐. 조금만 참고 살고 있어라. 살고 있으 면 살게 된다는 말이다. 제주도의 할망(할머니)들이 자주 하는 말이다. 할머니들이 80여 평생을 '궂은일, 좋은 일을 다 겪으면서 얻은 결론은 살 고 있으면 살게 되는 것'이었다. 평생을 이겨낸 지혜다. 힘든 삶을 살던 할망들은 특히 아래 사람들에게 그 위로의 말을 건네며 자기에게 닥친 거친 삶을 이겨냈다.

어렸을 때부터 그 말을 들으면서 자랐다. 그러다 보니 '호꼼 촘앙 살암시난' 별일 없이 수십 년을 살 수 있었다. 조금만 참고 산다는 것은 어떤 기대가 있기 때문이다. '살암시민 살아진다'도 희망을 부르는 말이다. '호꼼만 촘앙(조금만 참아)'―조금만 참지도 못하면 무슨 기대를 하며 살 수 있을 것인가. 그 말을 들으면서 살아서 그런지 58년 삶이 그리 힘들지 않았다.

농촌에서 감귤 농사를 짓는 부모님 밑에서 자랐다. 큰딸로서 당연히 일해야 하는 운명으로 생각했다. 부모님이 시키는 대로 그날 할 일은 투정 한 번 부리지 않고 끝내곤 하였다. 7·8월에도 뙤약볕 아래 쪼그리고 앉아 종일 김을 맸다. 고3이 되었다. 주말에 친구들은 학교에서 공부했다. 나는 밭에서 일했다. 마음속으로 외치고 또 외쳤다. '빨리 이 집에서 나가야지.' 버스를 타고 통학할 때 창 너머로 보이는 밭을 쳐다보지 않았다. 땅 밟기도 싫었다. 우울한 자화상이다.

부모님은 대학교 졸업할 때까지도 주말에 자식들이 집에 와서 밭일하기를 원했다. 반항하지 않았다. 싫다고 말 한 번 한 적이 없다. 일이 끝나면 일주일 치 용돈을 주곤 했다. 라디오에서 들려오는 대중가요가 그나마 지친 나를 위로하였다.

그 당시 꿈은 집에서 독립하는 것이었다. 기회는 생각보다 빨리 다가왔다. 1988년 2월 대학교를 졸업했지만, 3월에 발령이 나지 않았다. 경기도교육청에 교사 임용을 신청하면 9월에 발령받을 수 있다는 말을 듣자마자 바로 신청했다. 부모님과 상의하지 않았다. 9월 1일 경기도 ○○고등학교로 발령받았다. 신났다. 첫 월급을 얼마 받았는지 기억나지 않는다. 월급을 받아 10만 원을 재형저축에 넣고, 음악 감상을 좋아하던 나는 첫 번째로 전축을 샀다. 나머지 돈으로 월세 내고, 옷을 사서 입고, 여행 다녔다. 부모님도 돈을 달라고 하지 않아 마음껏 돈을 쓸 수 있었다.

29세에 아무런 준비 없이 결혼했다. 결혼을 이렇게 쉽게 결정하다니, 나에 대한 예의가 전혀 없었다. 30세에 딸을 낳았다. 남편의 수입은 딸의 교육비에 전부 들어갔다. 학교 다닐 때 과외를 못 받은 설움이 맺혀서 그런지 자식에게 공부만큼은 아쉬운 것 없이 하나도 빠짐없이 시키고 싶었다. 부끄럽지만 엄마로서 철학을 가지고 목표를 세워 살지 않았다. 단지 공부를 잘하는 아이로 만들고 싶을 뿐. 하나 더 있었던 바람은 자기 주도적인 삶을 살 수 있는 아이가 되었으면 좋겠다는 것이었다.

딸이 초등학교에 들어가기 전까지 영재로 만들기 위하여 모든 시간,

돈, 영혼을 갈아 넣었다. 초등학교 교사였던 엄마들과 어울려 자식을 이끌고 이리 뛰고 저리 뛰었다. 조기교육을 받기 위하여 딸이 18개월 되었을 때부터 일본에서 시작한 '시찌다'(지금은 뇌과학의 원리에 따른 아이의 영재성 개발) 영재원에 보냈다. 오르다 교육, 방문학습인 은물 교육, 영재교육원, 바둑, 검도, 태권도, 축구, 한문, 컴퓨터, 피아노, 기타, 플룻, 연극, 토론 수업, 토요일 체육 수업 등 가르치지 않은 교육이 없다. 특히 신기한 영어나라를 시작으로 영어교육에 교육비를 쏟아 부었다. 딸이 안 가겠다고 반항하거나 교육에 적응하지 못했다면 중간에 그만두었을 텐데. 한 번도 거부 반응을 보이지 않았다. 신났다. 계속 보냈다. 초등학교 입학하면 교육비가 덜 들어갈 줄 알았는데 더 들어가기 시작하였다. 알면 알수록 좋은 교육 프로그램이 눈에 보이니까 물불 안 가리고 여기저기 더 확장해서 보냈다.

아기가 어렸을 때부터 민족사관학교에 보내고 싶었다. 못 갔다. 입학에 필요한 자격 요건을 못 맞추었기 때문이다. 대안으로 ○○외고를 들어가서 졸업했다. 대학수학능력시험을 일곱 번이나 치렀다. 재작년 대학수학능력시험을 보고 집으로 오면서 "엄마, 이제 수능 공부 그만할래."라고 말하는 것이 아닌가. 순간 내 귀를 의심했다. 그날 이후 시험을 보겠다고 말하지 않는다. 고등학교를 졸업하고 7년 동안 몸과 마음, 시간, 돈을 들인 진로 탐색을 드디어 멈추었다.

그나마 자식이 한 명이라 계속해서 뒷바라지할 수 있었다. 자식에 대한 기대를 하나씩 내려놓았다. 그래야 내가 살 수 있다. 여러 번 수능시험을 치를 수 있다는 것. 시험 보는 횟수는 중요하지 않다는 것을 깨달았다. 어느 순간 '자식 농사는 생각대로 안 되는구나!' 하고 그냥 웃었다. 서른 살인 딸은 대학교를 세 번 옮겼다. 현재 3학년이다. 부부는 딸의 학비와 방세를 내기 위하여 오늘도 열심히 일하고 있다.

한편 교사로서 35년째 재직하고 있다. 교사로서 철학을 가지고 뚜렷한 목표를 세우고 살지 않았다. 학생들을 사랑하는 마음 하나로 최선을 다해 성실하게 근무했다. 35년 동안 담임교사 20년. 2011년 9월 1일에는 국어 교사에서 진로 교사로 과목을 바꾸었다. 1기 진로 교사로 발령받았다. 고등학교에서 학생들이 원하는 대학교에 합격시키기 위하여 1월 1일에도 학교에 나가 일했다. 학생들이 원한다면 필요한 프로그램은 얼마든지 만들어 운영하였다. 대학교에 들어간 딸과 조카까지 불러 교육봉사활동에 참여시켰다.

1학년 학생들을 대상으로 가고 싶은 대학교와 학과를 정하게 한다. 한

학기에 지필 교사 두 번 치르면 성적 결과를 가지고 상담한다. 다양한 진로 프로그램을 만들어 개인의 적성과 흥미에 맞추어 참가할 수 있도록 지도한다. 1학년 때부터 원하는 대학교와 학과에 가겠다는 목표를 세우고 열심히 공부하면 대부분 등급을 잘 받는다.

그때 목표가 있는 삶이 얼마나 중요한지 학생들을 지켜보며 알았다. 하지만 내 삶의 목표를 세워야 한다는 것을 미처 깨닫지 못하였다. 지금 알고 있는 걸 그때 알았더라면 나는 지금 어떤 삶을 살고 있을까.

5년 6개월 후 중학교로 발령받아 6년 생활하고 올해 고등학교로 다시 돌아왔다. 마지막 학교가 될 것이다. 입시가 많이 바뀌었다. 학생들의 생각과 행동이 이전의 고등학교 학생들과 다르다. 대화가 별로 없다. 차갑다. 하지만 원하는 대학교에 가고자 하는 마음은 여전하다. 1년은 이 학교 적응 기간이다. 말없이 학생들을 관찰하고 있다. 나의 혼을 과연 불태울 수 있을까. 이 아이들을 위하여 무엇을 해야 할까. 어떻게 해야 할까.

인생의 전반전이 끝나가는 시간이 오고 있다. 살다 보니 살게 되었다. '살다 보면'은 그냥 사는 것이 아니라 최선을 다하는 삶이다. 삶의 의지는 사랑받는 것이 아니라 사랑을 줄 때 생긴다. 내가 아끼고 돌보았던, 항상 눈에 밟히는 딸과 아이들. 살아보니 가슴 깊은 곳에서 우러나온 엄마와 교사로서의 깊은 한숨과 눈물과 체념과 사랑은 나를 살아가게 만든 결정적 힘이었다.

앞만 보고 혼자서 달려왔다. 엄마와 교사로서 교육에 대한 철학 없이 눈앞에 보이는 목표만 가지고 딸과 학생들을 이끌었다. 그나마 지금까지 여러 경험을 통하여 배우고 성장한 것이 있어 얼마나 다행인가. 그것을 바탕으로 후반전을 위해 새로운 시작을 준비해야 할 시간이다.

'호꼼 촘앙 살암시난'(조금 참으면서 살다 보니) 수십 년을 원 없이 살 수 있었다. '살암시민 살아진다.'라는 말처럼 인생 후반전에도 '살다 보면 나만의 삶을 살게 된다.'는 희망 하나로 출발선에 섰다.

지금까지 살아온 인생 후회 없다

후회 없이 사는 사람들은 자신의 가치관에 따라 목표를 세우고, 그에 따라 선택하며 행동한다. 오죽하면 윌리엄 플레머가 후회는 가장 비싼 낭비라고 말했을까.

하나에 꽂히면 뒤를 안 돌아보고 오로지 앞으로만 전진한다. 그러다 보면 좋은 결과가 있기도 하지만 놓치는 일도 많다. 하지만 목표를 위해서는 중간에 포기하지 않고 끝까지 가 보아야 한다. 자식 농사가 그렇다.

자식을 위하여 시간과 돈, 정열을 투자한 인생을 후회하지 않는다. 딸은 대학교를 세 번 들어갔다. 삼수해서 ○○대학교 뇌인지과학과에 입학하였다. 2년 동안 집에서 학교까지 왕복 네 시간 버스와 전철을 갈아타고 다녔다. 하지만 교수의 소개로 들어간 연구실에서 연구 과정 중 대학원생들과 업무처리 과정에서 스트레스를 많이 받았다. 학과에 대한 장밋빛 희망도 하나둘 사라져 학교를 그만두고 나왔다.

사수를 하고 ○○교육대학교와 ○○대학교 수의학과도 합격이 되었다. 동물은 좋아하지만, 개똥은 손으로 못 만진다고 고개를 절레절레 흔들었다. 그것으로 수의학과는 포기했다. 혼자 결정하더니 교대에 등록하였다. ○○교대라는 타이틀이 딸의 마음을 움직인 것 같았다. 교생실습 다니더니 확실히 자기는 초등학교에서 근무하는 것과 맞지 않는다. 월급과 연금을 알아보고는 ○○교대를 조금의 미련도 없이 던졌다. 3학기 마치고 휴학했다. 아이들을 좋아하지 않고, 공부 못 하는 학생들도 이해할 수가 없다고 하니 교사가 가져야 할 직업 가치관과는 거리가 멀다.

그해 11월 수능을 보았는데 점수가 생각처럼 나오지 않았다. 2019년에 여섯 번째 수능에 도전했다. 딸은 어렸을 때부터 의사가 꿈이었다. 평상시에 시험을 잘 치르다 수능 날만 되면 수리 탐구에서 점수를 깎아 먹곤 하였다. 수리 점수가 부족하여 의대에 못 들어가고 ○○대학교 한의학과에 합격했다. 2020년에 온 가족이 익산으로 내려가 원룸을 얻었다. 코로나19로 집에서 원격수업을 듣기 시작했다. 1학년 마치고 교육과정이 마음에 안 든다고 휴학하였다. 1년 동안 살려고 빌린 방에서 다섯 밤도 못 자고 짐을 정리하였다.

2021년에 마지막으로 수능 시험을 보겠다고 선언했다. 수능 제도가 바뀐 것이 한몫했다. 대학교 가더라도 일단 졸업한 후에 다시 대학교 들어가라고 친척들도 한마디씩 던졌다. 부부는 아무 말도 하지 않았다.

딸은 "대학교를 졸업할 때까지 엄마가 교육비를 내주라. 대신 졸업하면 그때부턴 내가 벌어서 엄마 줄게. 그리고 엄마 명퇴하면 할 일도 없잖아. 그러니 끝까지 다녀야 해."라고 아무렇지 않게 말한다. 딸이 졸업하면 1년 후 나도 정년퇴직하면 된다. 이것이 바로 모녀간에 찰떡궁합인가. 말을 예쁘게 하니 할 말이 없었다.

고등학교를 졸업하고 8년 동안 딸의 영혼은 두드리면 두드릴수록 강해졌다. 하고 싶었던 일을 하나씩 실행하기 시작했다. 가장 먼저 한양대학교에서 실시하는 유재하 음악 경연 대회(유재하와 그의 음악을 기억하고, 실력 있는 신인 대중 음악가를 발굴하기 위해 매년 열리고 있는 대한민국의 대중음악 음악 경연 대회)에 작사, 작곡, 편곡에 노래까지 불러

참가했다. 1차 예선에서 떨어졌다. 밴드에 들어가서 보컬리스트로, 베이스 기타 연주, 편곡까지 1인 3역을 했다. 밴드 활동을 그만두고 보컬 학원에 다녔다. 작곡까지 배웠다. ○○교대 학생으로 교수님께 작곡을 배우러 다닐 때 가장 행복하다고 말하곤 하였다. 한편으로는 초등학생, 중학생, 고등학생 과외지도를 하면서 용돈을 벌었다. 그 돈으로 최신 맥북 프로, 최신 아이폰, 애플 워치를 사고 자신만의 세계에서 날개를 펴고 있었다. 좋아하는 일을 미리 다해 보았으니 삶에 여한이 없을 것이다.

나는 진로 교사 1기로 고등학교에서, 딸은 딸대로 열심히 살았다. 딸이 진로를 찾는데 부모로서 간섭하고, 진로를 방해할 수도 있었다. 그러지 않았기에 후회가 전혀 없다. 아니 오히려 긴 시간 동안 남들은 평생 돈 주고도 못 살 소중한 경험을 쌓았다. 고등학교를 졸업하고 자신이 원하는 삶이 계속해서 이루어졌더라면 긴 인생에 얼마나 재미없을 것인가. 어쩌면 지금쯤 분명 다니고 있는 직장을 그만두고 수능 공부를 시작하고 있을지도 모른다.

실패에 대한 탄력성을 생각한다. 후회 없이 산 사람들은 실패를 두려워하거나 좌절하지 않는다. 오히려 실패로부터 잘못된 점을 배워 성장하는 능력을 갖추고 있다. 실패는 일시적인 장애물이다. 실패해도 포기하지 않고 긍정적인 마음으로 적극적으로 돌파구를 찾아 나아간다. 참 열심히 살았기에 후회는 없다.

제롬 자르도 말했다. "우리가 우리 자신의 가장 솔직한 모습을 볼 수 있는 때가 바로 실패하는 순간이라고 생각한다. 실패는 우리를 환상에서 깨어나게 해준다. 객관적이고 냉철하게 우리가 어느 위치에 있는지를 볼 수 있기에 타인의 눈에는 실패한 것처럼 보여도 사실은 성공으로 가고 있다."

딸보다도 아이들이 먼저

고등학교 졸업하고 딸은 가끔 이야기한다. 항상 자기보다 언니, 오빠들을 먼저 챙겼다고.

"엄마는 8세 때부터 나를 떼어놓고 학교 갔어. 아침을 먹은 기억이 안나. 우유 먹었지. 나는 돈으로 컸어. 친구들이 나하고 사 먹는 것을 아주 좋아했지."

(내가 아침을 차려주지 않았네. 그 어린애를, 나는 엄마도 아니야. 왜 그랬을까.)

"초등학교, 중학교 졸업식 때도 엄마는 안 왔어. 친구 엄마 따라서 친구랑 동산가든 가서 점심 얻어먹었잖아."

(나는 졸업식이라는 것을 별로 중요하게 여기지 않았다.)

"중학교 체육 시간에 뜀틀 넘다가 발을 다쳤거든. 옆에 있는 학교가 바로 엄마 있는 학교인데 두 시간 넘게 통화가 되지 않았어. 혼자서 정형외과에서 치료받았잖아."

('이런 일이. 정말 할 말이 없네. 그때 나는 전화도 안 받고 무얼 했던 것일까!')

"중학교 3학년 때 저녁 시간에 엄마랑 '김필녀김치찜', '낙지한마리수제비집'서 만나 저녁 먹기로 했어. 가 보면 항상 오빠들이 있었잖아. 엄마랑 단둘이 먹고 싶었는데. 너무 싫었어."

('딸의 기분은 하나도 생각하지 않았네. 다시 그때로 돌아간다면 잘할 수 있을 것 같은데.')

딸은 왜 과거를 많이 기억할까? 나는 하나도 기억이 나지 않는데. 낳기만 하였다. 빵점 엄마였다.

"엄마! 그래도 좋은 기억이 있다. 중학교 때 신문에 같이 껴서 온 학원

광고지를 보고 엄마랑 같이 가 보자고 해서 학원에 가 보았잖아. 중학교 때 주말이면 경희문고 가서 사고 싶은 책을 실컷 사 주었어. 40만 원 이상 쯤. 그리고 키다리 영어서점과 리틀존 영어서점 가서 영어책도 잘 사 줌. 행복했어."

그래도 행복했다던 기억이 그 애의 머릿속에 남아 있어서 다행이다. 자꾸 이야기하다 보면 쥐구멍으로 들어가고 싶다. 나와 얼굴이 닮지 않았다면 딸의 말을 듣고 사람들은 분명 계모라고 생각할 것이 틀림없다.

오해철 선생님을 가장 존경한다. 사제의 길이 끝난 곳에서 아직도 사랑으로 남아 있는 유일한 선생님. 중학교 2·3학년 때 담임 선생님이다. ○○대학교 국어교육과 동문 선배다. 많이 챙겨주셨다. 그 당시에는 가정방문이 있었던 때라 집까지 찾아와서 아버지와 함께 술을 드시며 이야기를 나누곤 하셨다.

선생님은 승진에는 전혀 관심이 없었다. 제주도에서 수학여행으로 학생들을 인솔하고 용인 민속촌에 오시면 꼭 전화하셨다. 그럴 때마다 찾아뵈었다. 29세가 되도록 결혼하지 않는 나를 많이 걱정하셨다. 중매를 서 주셨다. 선생님의 처외삼촌이 시아버지시다. 당신의 집안으로 나를 시집보내셨다. 시고모님이 또한 친정집의 5촌 할머니다. 두 집안이 너무 잘 아는 사이라 만난 지 두 달 만에 결혼 날짜를 잡았다. 그해 10월에 결혼하였다.

사랑을 받은 사람이 자라서 다른 사람을 사랑할 수 있다. 선생님의 사
랑을 듬뿍 받고 자랐다. 그런데 사랑을 받을 줄만 알았다. 스승의 날이
되면 학생들에게 선물을 받았다. 제자들이 찾아오면 밥을 항상 사 주었
다. 제자들과 헤어질 때 "너희들이 찾아오면 언제든 밥 사 준다."라고 말
했던 약속을 지키려고 노력한다. 그런데 선생님께는 정작 선물을 드린
적이 한 번도 없다. 아니 전화 한번 못 드렸다. 무늬만 제자다.

세월이 흘러 2004년 제주도에서 서울로 2박 3일 동안 자녀 둘과 사모
님을 모시고 나들이를 오셨다. 고등학교에 오래 재직하면서 학교에만 너
무 충실해서 너무한다고 가족들의 불만이 하늘을 찔러 여행 가자고 비행
기를 타고 올라오셨단다. 서울에서 선생님 가족을 만나 식사하고 집으로
모셔 왔다. 큰딸은 교대에 입학했다고 했다. 3일 동안 선생님 가족을 모
시고 에버랜드를 시작으로 인왕산, 경복궁, 서대문형무소까지 여기저기
다녔다. 그 와중에 사모님이 하신 말씀이 잊히지 않는다. "선생님께서 집
의 자식들은 생각도 안 해. 항상 제자들 생각만 한다. 건강도 안 좋은데."

3년 전 ○○시술을 위하여 우먼플러스 병원에 입원하였다. 시술을 기

다리는 동안 시간이 남았다. 갑자기 선생님 생각이 나서 카톡으로 문자를 드렸다.

"잘 지내고 계시죠? 양○○입니다. 32년이 지나가도록 스승의 날 선물 한 번 못 보내드린 제자입니다. 마음은 항상 선생님 곁에 머물러 있었는데 실천을 못 했네요. 항상 선생님께서 저에게 보여 준 사랑을 떠올리며 제자들을 대했지만 비교할 수가 없을 것입니다. 시간과 공간을 건너서 항상 선생님의 소식을 듣고 있는데 건강하셨으면 하는 바람입니다. 저의 딸이 27세가 되었는데 ○○대학교 갔다가 자퇴하고, ○○교대 다니다 올해 한의대 들어갔으니 선생님께 나중에 도움이 되었으면 좋겠습니다, 항상 건강하시고요. 교사로서 선생님은 저의 롤모델이었다는 것만 항상 기억해 주세요."

선생님께 죄송하고 부끄러운 마음에 생전 처음 카카오톡으로 스타벅스 선물권을 보내 드렸다. 5분 후에 전화벨이 울렸다. 통화했다. 병원에서 종합 검사받느라고 세종시에 있는 큰아들 집에 와 있다고 하셨다. 선생님께서 이전에 우리 집에서 머물다 간 일을 떠올리셨다. 따님과 둘째 아들 소식까지 이야기해 주시고, 딸이 지금 어떻게 살고 있는지 물어보셨다. "너희들을 많이 아꼈다."라고 말씀하셨다. '아낀다'는 말은 그 사람 대신, 아니면 그 사람을 위해 기꺼이 감당하는 수고와 노동으로 즉 사랑을 증명하는 행동을 말한다. '아꼈다'는 그 단어 하나로 선생님이 우리를 얼마나 생각하고 있는지 충분히 알 수 있었다.

정년까지 일을 계속할 거라고 했더니 맞는 말이라고 하시며, 할 일이 있어야 한다고 격려를 해주셨다. 선생님께서 이제 70이 되셨다. 지금도 사랑했던 제자들의 이름을 한 명씩 떠올리며 아무 근심 없이 잘살고 있는지 항상 걱정하신다. 가끔 교사로서 힘들 때면 선생님을 떠올린다. 선생님은 그때 무슨 생각으로 우리를 자식보다 더 아꼈을까!

선생님의 사랑을 먹고 자라 선생님이 되었다. 학생만 생각하는 백 점 교사를 꿈꾸었다. 선생님이 나에게 길이 되어준 것처럼 나도 누군가의 길이 되고 싶었다. 봄 길이 되어 끝없이 걸어가는 사람이 되고 싶었다. 이제 그 길의 마지막을 향해 가고 있다.

아이들이 성장하면 교사도 성장한다

"선생님, 안녕하세요?"

"○○고등학교에 계셨던 양○○ 선생님 맞으시죠?"

"쌤! 저, 찬미입니다!"

2006년 ○○고등학교에서 찬미와 아이들을 만났다. 2학년(남녀공학)
은 17개 학급 617명으로 이루어졌다. 담임을 맡았던 2반은 아주 특이했
다. 문과, 제2외국어로 스페인어를 선택했다. 전체 617명 중에서 100등
안에 들어가는 아이들은 단 2명(선두는 전체 67등)이었다.

36명 중 19명이 예체능계 준비를 하는 학생이 모여, 예체능반이라는 말을 들었다. 3월부터 학원에서 무슨 이야기를 들었는지 실기 준비만 하면 대학교에 갈 수 있다고 공부는 거의 손을 놓아 버렸다. 다른 반과 성적 격차가 나날이 드러났다.

야간 자율 학습 희망자를 조사했다. 학교에 남아서 자기 주도적으로 공부하는 학생은 5명뿐이었다. 반면 부모님들의 자녀들에 대한 기대는 컸다. 학원에 보내고, 부족한 과목을 보충하느라 개인 과외까지 시켰다. 대학 입시가 부모님과 아이들에게 얼마나 중요한지 다시 한번 깨달았다. 중간고사와 기말고사, 몇 번의 학력고사 결과를 보면서 우리는 한숨을 내쉬곤 하였다.

18년 차 교사 생활. 정신 연령이 낮은 고등학생을 처음 만났다. 조그마한 일에도 금방 삐지고, 다른 아이와 비교하면서 항의하기, 한마디 말하면 말귀를 못 알아듣고 두 마디씩 토를 달면서 세 마디씩 따졌다. 청소와 주번 활동을 제대로 안 하고, 수업 시간에 딴짓하고 잠자기 등 기본 생활 습관을 갖추지 않은 아이들이 많았다. 시간이 흐를수록 교사로서 한계가 느껴졌다.

어느 날 인터넷을 항해하는 도중에 우연히 에고그램을 발견했다. 미국의 심리학자 듀세이(JhonM. Dusay)은 에고그램에서 복잡한 사람의 성격을 부모(parent), 성인(adult), 아이(child)의 3가지로 구분하고 이것에 의해 인격이 형성된다고 보았다. 부모를 다시 비판적 부모와 양육적 부모로 나누고, 아동은 자유분방한 아동, 부모에 순응하는 아동으로 구분하였다. 즉, 이 5가지 성격을 비판적인 부모 마음(CP : critical parent), 양육하는 부모 마음(NP : nurturing parent), 성인(A : adult)), 자유로운 어린이의 마음(FC : free child), 순응하는 마음(AC : adapted child)으로 구분하고, 5가지 성향을 순서대로 고(A) · 중(B) · 저(C)로 수치화하여 그래프로 나타냈다.(출처: 네이버 지식백과)

인터넷을 뒤져 에고그램 성격유형 검사지를 찾아 내려받았다. 반 아이들을 대상으로 검사하였다. 아이들은 FC(Free Child ego, 자유로운 어린이) 성향이 가장 많았다. 나는 NP(양육적인 어버이 자아(Nurturing Parent ego) 성향이 가장 높게 나왔지만 동시에 FC 성향도 높았다. 아이들을 사랑하면서도 가끔은 아이들과 유치하게 싸웠던 이유를 비로소 알게 되었다. 일단 아이들을 대하는 태도를 바꾸었다. 잔소리는 되도록 줄이고, 잘한 점은 최대한으로 칭찬을 많이 했다. 청소 시간에는 아이들 곁에서 빗자루를 같이 들었다. 조금씩 아이들의 변하는 모습이 눈에 들어오기 시작하였다. 아이들 때문에 화가 나면 반 일기장에 편지 형식으로 글을 썼다.

2학기 때 공개 수업일. 김영랑의 「모란이 피기까지는」이라는 시를 가르치는 시간이었다. 그날의 수업을 위하여 1학기 때부터 '작은 책으로 시집 만들기'라는 과제를 수행하며 시집을 만드는 모습을 비롯하여 아이들의 모든 활동을 사진으로 찍었다.

그날이 왔다. 도입 부분에서 아이들의 사전 모둠 활동 모습을 모아 동영상 만든 것을 「모란이 피기까지는」 시를 노래로 만든 곡을 들을 때 보여 주었다. 자신들의 모습이 나오자 흥미 있게 쳐다보며 시 노래를 감상하였다. 노래만 5분간 흘러나왔다면 아마도 참지 못하고 온몸을 뒤틀었을 것이다. 모둠별 발표도 끝났다.

마무리 단계에서 "문학은 교과서에서 삶과 따로 동떨어져 박제된 채로 존재하는 것이 아니라 우리 삶과 연관된 것입니다. 저의 모란은 여러분입니다. 여러분 때문에 화가 나거나 속상할 때 이것을 보면 화가 풀리고, 좋은 생각을 가질 수 있었어요."라고 말하였다. 그리고 〈당신은 사랑받기 위해 태어난 사람〉이라는 노래를 배경으로 스승의 날, 체육대회, 수학여행에서 보여 준 아이들의 모습을 동영상으로 제작한 것을 보여 주었다.

우리 반은 거의 울음바다가 될 뻔하였다. 너무 의외의 반응에 깜짝 놀랐다. 눈물이 그렁그렁 맺혀 서로 얼굴을 쳐다보았다. … 음악과 미술을 좋아하는 아이들이 많아서 그러했으리라. 공개 수업을 보러 들어온 선생님들도 아이들의 반응을 보고, 수업이 끝난 후 복도에서 만나는 다른 선생님들께 아이들에 대한 칭찬을 많이 하였다. 문학 수업다운 수업을 했다는 말도 들었다. '열심히 준비하면 무엇이든 이룰 수 있구나!' 교사가 노력하면 아이들은 순수해서 상대방의 따뜻한 마음을 받아들인다는 사실을 깨달았다.

그날 이후 우리 반은 바뀌었다. 청소를 안 한다고 잔소리해도 별로 화를 내지 않았다. 가장 먼저 ○○이 달라졌다. ○○이는 1학년 때 학교 다니기 싫다고 사고 결석이 무려 29일인 아이였다. 가끔 지각은 하지만 꼬박꼬박 연락하면서 결석을 한 번도 하지 않았다. '학교가 싫었다면 학교에 왔을까!'

문득 1학기의 일이 떠올랐다. 스승의 날을 맞이하여 반장이 작은 메모지에 각자 몇 문장 쓰라고 시킨 것 같았다. 하지만 귀찮아서 다 쓰지 못해 하드보드지 네모판 위에서 몇 장의 메모지만 책상 위에서 덩그러니 뒹굴고 있었다. 옆에 앉은 3반 담임 선생님께 그반 학생들이 선물을 만들어서 주는 것을 볼 때마다 우리 반과 비교하면서 얼마나 부러웠는지 모른다.

10월의 마지막 날은 나의 생일날이었다. 생일을 어떻게 알았는지 한 장의 A4 용지에 각자 하고 싶은 말들을 쓰고 모아서 아주 깔끔하게 한 권의 책으로 엮었다. 이것을 보는 순간 그동안의 서운한 감정은 한순간에 날아갔다. 이것을 만들기 위하여 얼마나 노력했을까.

이제는 누가 시키지 않아도 청소할 줄 알고, 공손하게 대답할 줄도 알고, 다른 아이만 예뻐한다고 질투하지 않았다. 잘못했다고 혼을 내도 그것이 사랑의 말인 줄 받아들였다. 유독 '사랑한다'는 말을 많이 하는 아이들이었다. 공부가 전부가 아니라는 생각이 머리에 스며들었다. 친구들이 학교에 안 나와도 아무런 관심을 보이지 않는 다른 반 아이들과 비교해 보았을 때 우리 반은 너무나 행복한 봉숭아학당이었다.

○○고등학교에서 1년. 참으로 많은 것을 배우고 깨달았다. 내 마음도 아이들만큼 한 뼘은 자랐다. 아이들은 무한한 가능성이 있다. 이런 아이들을 어찌 사랑하지 않을 수 있겠는가! 3월 초기에 내 볼에 뽀뽀를 스스럼없이 하던 그 애가 찬미였다. 처음에는 징그럽다고 밀쳐냈는데 나중에는 내가 아이들에게 뽀뽀해 주고 싶은 마음이 생길 정도였다.

학기 초에는 학교에 나가기 싫어 옆자리 선생님에게 매일 푸념했었는데 하루하루가 즐거워졌다. 내가 아이들에게 준 사랑만큼 그 사랑이 정말이라는 것을 느낀 다음부터는 전부 내 품으로 들어왔다.

교사는 아이들을 통해 많은 것을 배워 성장하기 때문에 아이들을 위해 부단한 노력을 기울여야 한다. 교사의 생각이 열릴 때 아이들의 생각이 열리고, 아이들이 성장할 때 교사는 아이들보다도 더욱더 성장한다. 나는 다시 태어나도 교사를 할 것이다. 아이들의 옆에서 항상 호흡하고 싶다. 그들이 필요한 시간과 공간이라면 언제 어디서나 도움이 되는 그런 교사로 영원히 존재하고 싶다.

"선생님! 혜민이와 한 번 찾아갈게요!" 찬미의 목소리가 다시 들린다.

교사라서 참 좋다

별명은 주로 사람들이 누군가에게 사용하는 대체 이름 또는 닉네임이다. 일반적으로 그 사람의 특징, 외모, 성격, 활동 등을 반영하거나, 그들에게 특별한 의미를 부여하기 위해 사용된다. 별명을 통하여 교사로서 그동안 어떻게 살아왔는지 되돌아보았다.

1988년 24살. 초임 교사 시절 학생들이 처음으로 붙여준 별명은 앙드레 양. 옷을 무척 좋아하는 나를 어떻게 알았는지 앙드레 김을 모방하여 몇 명의 학생들이 그 이름을 붙여주었다. 옷을 잘 입는다기보다는 새 옷으로 잘 갈아입었기 때문이었다. 그리 나쁘지 않았다.

두 번째 별명은 풀잎. 2001년 처음으로 심성 수련 교사 연수를 받으면서 닉네임을 정하라고 해서 내가 만든 이름. 애를 낳은 지 7년 차 되던 해. 애를 낳고 키우면서 딸을 위한 교육에만 신경 쓰고 내 몸에는 신경을 전혀 쓰지 않았다. 나의 몸은 날마다 옆으로만 자랐다. 원래보다 더 나이가 들어 보였다. 펑퍼짐한 아줌마가 된 나에게 풀잎이라는 닉네임은 어울리지 않았다. 마음만은 풀잎처럼 순수하고 통통 튀는 모습이 되고 싶었는데 시간이 흐를수록 남의 옷을 입은 것처럼 부담스러웠다. 심리적으로도 거리가 멀어졌다. 잠깐 사용하고 더 이상 사용하지 않았다.

세 번째 별명은 문학 아줌마. 2001년부터 2005년까지 용인에 있는 ○○고등학교에서 근무했다. 국어 교사로서 1학년부터 3학년까지 국어수업과 문학 수업을 번갈아 담당하였다. 2학년 학생들을 대상으로 문학을 가르칠 때 제자들이 붙여준 이름 문학 아줌마. 20대에 조금은 말랐던 몸은 딸을 낳고 신경을 쓰지 않았더니 나날이 풍선처럼 부풀어 올랐다. 항상 임신 7개월 정도의 배가 나온 몸을 하고 다녔다 그 몸에 적응이 되어 마음도 마냥 편안해졌다.

대학교 친구들도 만나면 '너는 절대로 살이 찌지 않을 줄 알았는데.' 하며 놀라움을 감추지 않았다. 몸과 마음이 한없이 편안했던 시절. 학생들도 그 상태를 귀신처럼 알아차리고는 문학 아줌마라고 별명을 만들어 주었다. 우리 반 민수가 어느 날 내 배를 쓱 만지는 것이 아닌가! "뭐야?", "애가 얼마나 잘 자라는지 만져보았어요."

'그런데 나는 왜 화가 안 나는 거지?'

2005년 5월 15일 스승이 날이 되었다. 운동장에서 스승의 날 행사가 진행되었다. 모든 선생님과 전교생이 행사를 위해 운동장에 나갔을 때 무엇인가 이상한 느낌이 들어 우리 반 교실이 있는 건물 3층을 쳐다보았다. 그런데 이게 웬일인가? 우리 반 교실이 분명한 창문에서 아! 소리가 날 만큼 큰 현수막이 바람에 펄럭이고 있었다. 그 커다란 현수막 사진 속에서 우리 반 아이들이 한 명도 빠짐없이 커다랗게 활짝 웃고 있었다. 반장 미라 작품이었다.(후에 미니멀라이프를 지향한다고 비우는 과정에서 그 현수막을 치운 후 무척 후회했다. 사진이라도 찍어둘 것을.)

행사가 끝나고 본관 건물에 연결된 부속 건물에 있던 교실로 가는 통로까지 갔다. 반 남학생들이 1층까지 내려와서 기다리고 있었다. 1층부터 3층 계단까지 쭉 이어서 빨간 카펫을 깔아 놓았다. 안내를 시작했다. 여배우처럼 호위를 받으며 교실까지 들어갔다. 준비된 케이크를 자르고 학생들 한 명 한 명에게 나누어 주고 같이 먹었다. 그때가 아줌마 교사로서 가장 아름다웠던 리즈 시절이었다.

학생들에게 항상 사랑을 주기만 했다고 생각했는데 받은 사랑이 더 크다. 책 쓰기를 하면서 고구마 줄기에 고구마가 끊임없이 달려 나오듯이 사랑받은 기억을 이제는 기록을 통하여 우리들의 소중한 추억으로 만들 수 있어 너무 감사하다.

2011년 9월 진로 교사가 되었다. 학교를 옮기고 2년 후 살을 뺐다. 짧은 단발머리에서 머리를 기르기 시작하였다. 단발머리는 두 달이나 석 달 정도만 되면 파마해야 해서 시간과 돈이 많이 들었다. 옷차림도 많이 바꾸었다. 앙드레 양 시절로 다시 돌아간 것처럼 열심히 새 옷을 사 입었다. 살이 빠져 55사이즈가 된 몸은 어떤 옷을 걸쳐도 맞춤복처럼 잘 맞았다. 어떻게 하면 어리게 보일까 고민을 많이 했다. 나이에 어울리지 않게 젊은이들이 입는 옷 스타일을 고집해서 계속 입었다.(몇 년이 흐른 후 그때 사진 속의 내 모습을 보고 경악하기는 했지만.)

국어 교사에서 진로 교사로 바뀌는 순간 문학 과목이 사라졌다. 몸의 살도 빠지면서 아줌마라는 내용도 사라졌다. 옛날의 예민한 성격이 조금씩 원래대로 돌아왔다. 마냥 포근했던 이미지는 거의 날아갔다.

이후 겨울나무라는 닉네임을 사용했다. 겉으로 보기에 겨울나무는 죽은 것처럼 보인다. 하지만 한겨울에 땅속에서 몸을 웅크리고 새봄에 싹을 틔우기 위해 준비하는 겨울나무. 그 나무처럼 크게 비상하지는 못하나 겨울에도 쉬지 않고 학생들을 위하여 노력하는 교사가 되고 싶었다.

'츤데레'라는 별명이 따라붙었다. 학생들이 볼 때 까칠했다. 겉으로 차갑게 보였나 보다. 자기 일을 열심히 하는 학생들 위주로 챙겨주었더니 생겨난 별명이었다. 진로 목표를 세우고, 그 목표를 이루기 위하여 온몸으로 뛰는 학생들을 보면 도와주었다.

재작년 5월 블로그에 포스팅하면서 닉네임을 무엇으로 할까 고민했다. 몸에 살이 조금씩 다시 붙으면서 중학교 학생들이 엄마처럼 편하다고 느껴 수시로 진로교과실을 드나들 만큼 느긋해졌다. 선택한 닉네임은 문학 아줌마였다. 글쓰기를 해야 하는 사람으로서 문학과 여자와 나이를 가늠하게 하는 그 단어가 마음에 들었다.

학생들이 붙여준 별명을 하나씩 떠올리며 교사로서 걸어온 길을 생각해 보았다. 그 별명 속에 35년 동안 살아온 교사로서의 내가 보인다. 그 속에는 내가 좋아하는 나가 있고, 학생들이 보는 나도 있다. 닉네임 안에 자유로운 영혼이 살아 숨 쉬고 있다. 개성 있는 내가 좋다. 두 사이의 교집합을 찾아보았다. 문학 아줌마. 죽는 날까지 글을 쓰면서 살겠다고 목표를 세웠다.

지금은 작곡가가 지욱이라는 이름에서 만들어 준 예명 지우기라는 닉네임으로 블로그와 〈윤스가〉라는 유튜브 채널을 운영하고 있다.

예쁜 별명은 예쁜 사람을 만들고, 예쁜 사람은 예쁜 인생을 만든다.

학생의 꿈이 교사의 꿈을 만든다

우리는 꿈을 품고 그 꿈을 이루기 위하여 끊임없이 노력하는 존재다. 학생들의 꿈을 존중하고 지지해주었다. 아무 대가 없이 그들이 성장하고 원하는 바를 이룰 수 있도록 지속해서 도와주었다. 학생들의 과거와 미래를 연결해 주는 다리 역할을 한 셈이다.

은지는 34살. 경기도청의 공무원이다. 아기를 키우느라 육아휴직 중이었다가 올해는 남편이 대신 육아휴직을 하고 있다.

2007년에 ○○고등학교에서 고3 담임을 맡았다. 은지는 반장이었다.

반장으로서 담임에게는 너무 예쁜 학생이었다. 엄마에게 큰 힘이 되는 큰 딸이기도 하였다. 여동생은 미국에 유학 갔고, 막내 남동생이 있었다. 공부하는 모습보다는 아름다움을 추구하는 모습이 더 예뻐 보였다. 아주 대학교 법학과에 들어갔다. 근무하고 있는 학교로 가끔 찾아와서 엄마와 딸처럼 만나 수다를 시작하면 끝날 줄 몰랐다. 20대 젊은 날 은지는 쳐다만 보아도 눈부셨다.

졸업 후 미국에 가서 1년 동안 네일 아티스트로 아르바이트하면서 지내다가 돌아왔다. 연락이 와서 만났다. 자신은 예쁘게 꾸미기를 좋아해서 네일 아티스트나 메이크업 아티스트를 너무 하고 싶다고 하였다. 하지만 엄마의 소원은 은지가 공무원이 되는 것이었다. 은지는 착한 딸이었다. 일단 엄마의 소원을 들어주고, 너의 꿈은 나중에 이루자고 공부하라고 하였다. 1년 공부하더니 합격하였다.

합격 후에는 매년 학교에서 운영하는 자유학년제 진로 체험학습에서 직업인 특강 프로그램을 운영할 때 공무원 직업인으로 항상 불렀다. 언제나 웃는 얼굴로 나타나 직업에 대한 강의를 시작하였다. 시간이 지나면서는 강의에 학생들의 꿈을 자연스럽게 연결하는 것이 아닌가. 전문 직업인이 되었다는 것을 확실히 알 수 있었다.

재작년에 직업인 강의를 할 수 있나 궁금해서 전화했더니 남편이 시간

내기가 힘들어서 못 온다고 하며 미안하다고 했다. 그럴 필요 없다고 전혀 신경 안 써도 된다고 하였다. 그러면서 하는 말이 코로나 시대에 공무원이 되어서 얼마나 다행인지 모른다고 엄마 말을 잘 들었다고 엄마에게 감사하고, 대학교에 들어갈 수 있도록 해주셔서 나에게도 감사하다고 했다.

이전에 학생들에게 했던 말이 떠오른다. "너희들이 결혼해서 애를 낳으면 내가 길러줄게." 어느덧 시간이 흘러 그 말을 실천할 수 있는 나이가 되었다. 지금 명예퇴직하면 제자들의 아이들을 길러주는 일이 가능할 것 같은데 정년까지 가는 한 이 꿈은 버릴 수밖에 없다.

전화하면 언제나 생글거리며 "네! 선생님." 하며 전화를 받는 은지가 있어 행복하다.

수빈이가 있다. 2014년 고등학교 1학년 때 만났다. 외대 영어교육과 다니는 대학생이 교육 봉사가 필요하다고 재직 중인 고등학교에 신청했다. 1학년 학생 중 2명이 신청했다. 그중의 한 명이 수빈이었다. 처음 만났을 때부터 눈빛이 살아 있었다. 의사가 꿈이었다. 성의를 다하여 공부하는 학생이었다. 1학년 마칠 때까지 1등급 초반이었다.

2학년이 되었다. 학생부종합전형에 대비하여 대학생 교육봉사활동 멘

토-멘티 프로그램을 운영하는데 수빈이가 참가하였다. 일주일에 서너 번 만나면서 진학 상담이 진행되었다. 수빈이에게는 동생이 네 명이 있었다. 부모님이 수빈이에게 많은 기대를 하였고, 취직 후에는 동생들을 돌봐 주었으면 하고 바란다고 하였다. 이과 학생은 120명이었다. 1학기 성적이 1.9등급이 나왔다. 이 성적으로는 의대 가는 것이 거의 불가능하였다. 진로가 불확실해지면서 우울함이 수빈이 어깨 위로 자꾸만 내려앉고 있을 때 기적 같은 일이 벌어졌다.

여름 방학 때 문과 남학생 한 명이 이과로 옮긴 것이다. 문과의 빈자리를 수빈이가 가게 되었다. 문과로 전과를 한 것이다. 상담을 통하여 교대로 가면 좋겠다고 결정을 내렸다. 다행히 문과 학생들은 300여 명으로 숫자가 많아 등급을 따기가 이과보다 수월하였다. 치열하게 공부를 하여 2학기 때부터 성적이 1등급 초반으로 다시 올라왔다.

○○교대로 진학하였다. ○○여자중학교에서 '대학생과의 대화' 프로그램을 운영할 때 대구에서 올라와서 후배들을 위하여 열심히 강의하였다. 가정형편이 어려워 부모님의 도움을 받지 못하였다. 아르바이트하며 학교 다니다 졸업하였고, 재작년에 임용고시에 합격하였다.

○○중학교에 예은이가 있었다. 여학생인데 참 예뻤다. 곰살맞게 엄마

라고 불렀다. 그림 그리는 것을 좋아하는데 학원에 갈 형편이 못 되어서 1년 동안 갈등하다가 특성화고등학교 시각디자인과에 갔다.

합격 후에 1학년 후배들에게 자신의 꿈 이야기를 들려주고 싶다고 해서 1학년 진로 탐색활동 시간을 이용하여 강의할 수 있게 시간을 만들어 주었다. 하룻밤 만에 PPT 자료까지 준비를 해왔다. 그동안 얼마나 특성화고등학교 공부를 많이 했는지 학생들에게 자신의 꿈을 말하라고 한 뒤 특성화고등학교의 과에 맞게 설명하는 것이 아닌가. 자신의 꿈을 실현할 수 있는 최고의 특성화고등학교를 눈에 불을 켜고 얼마나 열심히 찾았을지 눈에 선했다. 3년 동안 그 고등학교에서 공부 후 취직하고, 다시 3년 후에는 인터넷 쇼핑몰 CEO가 되는 것이 최종 꿈이라고 하였다.

예은이와 1학년 때부터 자주 진로 진학 상담을 하였다. 처음 상담할 때 원하는 학교 홈페이지에 들어가 학교를 탐색하는 방법을 가르쳐 주었다. 추가로 가고 싶은 학교가 생기면 학교 홈페이지에 들어가서 궁금한 내용을 적극적으로 찾았다. 희망하는 학교에 전화하여 진로 진학 상담을 예약하여 그 학교를 방문한 후, 궁금한 점을 물어보고 학교 시설을 눈으로 보고 오라고 하였다. 〈꿈의 학교〉를 1학년 겨울방학 때 가르쳐 주었더니 2학년 때부터 자신이 원하는 프로그램을 적극적으로 찾아 신청하여 참가하였고, 의상 디자이너 공부를 하고 있었다. 거기에서 자신이 만든 작품이라고 하며 한복을 보여 주었는데 예사 솜씨가 아니었다.

중학교에서 예은이처럼 적극적으로 자신의 꿈을 이루기 위하여 노력하는 학생을 처음 만났다. 1학년 때까지는 그냥 놀았지만, 2학년 때부터는 자신의 꿈을 찾은 후 내신 성적의 중요함을 깨달아 스스로 공부하였다.

꿈꾸는 학생들을 발견하면 언제나 기분이 좋다. 어떤 학교에 재직하고 있더라도 꿈을 설정하여 노력하는 모습을 보여 주는 학생을 만나면 할 수 있는 모든 방법을 찾아내어 적극적으로 도와준다. 나의 적성에 맞는 일이다.

대학교에 입학하면 후배들이 있는 학교에 돌아와 강의하는 시간을 만들어 주는 것이 임무라고 생각한다. 도움을 주는 학생에게는 반드시 이야기하였다. 나는 이 학교를 언젠가 떠나겠지만 너희들은 학교의 많은 도움을 받았으니 -그 도움이 선생님들의 사랑이든, 프로그램이든- 고마움을 알고 나중에 와서 후배들에게 갚으라고. 원하는 대학교 합격을 한 선배의 자랑스러운 이야기를 듣고 있는 학생들에게도 항상 이야기하였다. 너희들도 나중에 반드시 모교로 돌아와서 후배들을 위하여 꿈 이야기를 들려주라고.

꿈은 연속적인 선순환을 이루게 만든다. 학생의 꿈이 교사의 꿈을 만들고, 교사의 꿈은 다시 학생의 꿈을 만든다. 이제 내가 꿈 앞에 서 있다. 반드시 작가가 되어 졸업한 초등학교, 중학교, 고등학교로 가서 후배들 앞에서 강의하고 싶다. 내가 그 꿈을 이룬 순간, 그 꿈은 또 다른 아이들의 꿈을 만들 수 있다. 꿈을 꿈으로 남겨두지 않고 행동으로 옮기면 새로운 꿈이 태어난다.

뒤돌아보니 아무것도 남아 있지 않았다

앞만 보고 달렸다. 한 번도 뒤돌아보지 않았다. 취향조차 까맣게 잊었다.

매년 새로운 학생들을 만날 때마다 가슴이 설렜다. 딸의 초등학교 입학식부터 고등학교 졸업식까지 한 번도 참석하지 않았다. 열심히 학생들을 위하여 살았다. 교사는 그렇게 살아야 하는 줄 알았다. 병가 한 번 안 내고, 육아휴직을 한 번도 낸 적이 없다. 딸과 함께 존재하는 시간보다도 더 많은 시간을 학생들과 같이 나누었다.

진로 교사가 되기 전 9년 동안 2001년부터 2009년까지 인문계 고등학교에 있으면서 고3 담임을 두 번 포함하여 담임 업무를 계속 맡았다. 그때만 해도 고등학교 교사로서 야간 자율학습 지도는 필수였다. 학생들의 대학 진학을 위하여 입시 공부를 해야만 했다.

지금도 담임의 꽃은 고3 담임이라고 생각한다. 교사라면 반드시 고3 담임을 한 번은 해야만 진정한 담임이라고 생각하는 것은 지나친 생각일까.

2004년에 용인에 있는 ○○고등학교에서 처음으로 고3 담임이 되었다. 반장이었던 용철이는 학교 정문 앞 단독 주택에 살고 있었는데 엄마 없이 아버지와 함께 살고 있었다. 아버지가 일 때문에 집에 없는 날이 많았다. 조회 때 용철의 얼굴이 안 보이면 잠을 깨우러 그 집에 가곤 했었다.(지금도 잘살고 있는지 궁금하다.)

12월 말에 우리 반은 졸업 여행을 떠났다. 반별로 떠나는 2박 3일 여행이었다. 그때도 프로그램을 기획하고 운영하는 일을 좋아하여 신나서 준비했다. 수원역에서 학생들을 만나 청량리까지 전철을 타고 갔다. 거기서 지금은 사라진 경춘선 무궁화 열차를 타고 강촌역에서 내렸다. 강촌역 부근 펜션을 예약했다. 펜션 주인이 승합차를 끌고 나와 남이섬 입구까지 학생들을 열심히 실어 날랐다. 남이섬에서 자전거를 타고 놀았다.

곽밥을 사 먹었다. 남이섬에서 배를 타고 나와 펜션에서 쉬었다.

다음 날 일어났을 때 예약된 버스가 반겨주었다. 그 버스를 타고 춘천 공지천유원지에서 조각공원을 둘러보았다. 소양강댐으로 가서 배를 타고 청평사까지 갔다 왔다. 그날 밤은 여행 마지막 날이었다. 순한 남학생 다섯 명, 어린 부담임교사까지 한 명도 빠지지 않고 어울려 놀았다. 밤이 깊을수록 학생들이 조금씩 취해갔을 때 2학기 반장 민지는 큰언니처럼 끝까지 남아서 학생들 한 명 한 명 전부 챙겨서 재우고 뒷자리를 정리했다.

마지막 날 버스를 타고 이포에서 막국수를 먹고 학교까지 도착하였다. 그해 겨울 교감 선생님께서 금강산 여행 추천을 해 주셔서 지금은 가고 싶어도 갈 수 없는 금강산도 다녀왔다. 학생들을 위하여 열심히 살았기 때문에 나를 계속 지켜본 교감 선생님께서 추천해 주신 것이었다.

그때 딸은 초등학교 4학년이었다. 딸이 어떻게 생활했는지 기억이 전혀 나지 않는다. 학원만 보냈다. 4학년인 아이가 혼자서 집에서 무슨 생활하는지 궁금해하지도 않았다.

2007년에 ○○고등학교에서 다시 한번 고3 담임을 맡았다. 영인이가 서울대 합격을 했다. 학교의 자랑이 되었다. 사실 내가 한 일은 거의 없었다. 공부를 워낙 잘했다. 수시로 서울대 농경제학과를 지원했다가 불합격하고, 결국 정시로 경제학과에 합격했다. 졸업 후 연락하거나 우연히 만난 적은 한 번도 없다.

그나마 2001년부터 2009년까지 고등학교에서 담임을 맡아 교직 생활을 했기에 진로 교사가 되는 조건을 어느 정도 채울 수 있었다. 2001년부터 2010년까지 고등학교 경력과 담임 경력 점수, 전문상담교사 자격증 점수까지 포함되어 감사하게 진로 교사가 되었다. 과거 선택이 현재 나의 길을 만들었고, 현재 선택은 미래 길까지 연결된다.

2020년 코로나19 시대가 열렸다. 갑자기 생긴 변화에 처음에는 적응이 되지 않았다. 코로나19가 아니었으면 프로그램을 계속 만들어서 학생들에게 펼쳐 놓았을 것이다. 그런데 학생들이 없는 학교에서 할 수 있는 것은 아무것도 없었다. 일하고 싶어도 할 수가 없었다. 온라인 수업을 하는 바람에 대면 수업에서 받는 스트레스가 사라졌다. 마음의 여유가 조금씩 생겼다. 시간이 많아졌다. 생각이 조금씩 열리기 시작하였다.
어느 날 진로교과실에서 멍때리고 앉아 있었다.
….
'진로 교사가 되어 10년 동안 무엇을 한 것이지! 열심히 살았는데 남은 것이 없네!' 에릭슨의 심리 사회적 발달이론 8단계에 따르면 통합성 대 절망감(65세 이후 노년기)은 8단계에 나타나는 현상이다. 보통 퇴직 후에 나타날 수 있는데 코로나19로 하던 일을 그만두니 나타난 현상으로 볼 수 있다. 이 시기는 자기 삶 전체를 받아들여 삶을 되돌아보며 마지막 평가를 하는 시간이다. 양극적 긴장(bipolar tensions)을 재현하거나 만족감과 충족감을 느끼기도 한다. 자신의 유한성을 인정하고 자아 통합(ego integrity)을 발달시킬 수 있다. 자아의 통합성 결여나 상실을 확인하고 또 다른 인생을 시작하려고 해도 이미 시간이 없어졌다는 절망을 느끼며 우울과 무기력을 나타낸다. 또한 신체적, 정신적, 경제적, 사회적인 한계와 제한 때문에 삶은 불공평하고 죽음이 두렵다고 느낄 수 있다.

담임교사였을 때 1년 학생 활동 결과를 연구 보고서로 작성하여 제출하면 상을 받았다. 열심히 살았던 흔적을 다른 사람에게 인정받음으로써 존재감을 드러낼 수 있었다. 자존감도 올라갔다.

2011년 9월부터 2019년까지 셀 수 없는 많은 프로그램과 진로 대회까지 운영하며 숨 가쁘게 살아왔다. 그러나 나에게는 정작 아무것도 남아 있지 않다.

내 꿈은 이룬 게 아니었다

제갈공명은 자신을 잊은 채 군주에게 충성을 바쳤는데 죽은 후에 남은 것은 부인, 손바닥만큼의 밭뙈기, 이름도 모를 나무 한 그루가 전부였다는 충격적인 글을 읽었다.

나는 교사가 된 순간부터 지금까지 내 꿈은 완전히 이루어졌다고 생각하며 30년을 살아왔다. 가족을 등한시하고 학교 일에만 집중하였다. 특히 진로 교사가 되어서 10년 동안 자신을 완전히 잊고 살았다. 선생님은 학생들을 위해서만 존재해야 한다고 생각하였다. 교육의 전문가로서 책

임과 의무를 중요시하였다. 학생들의 성장을 돕고 지식과 가치를 전달하며, 진로 교사로서 특히 학생들의 능력과 잠재력을 최대한 발휘할 수 있도록 도와주어야 한다는 사명감이 항상 내 머릿속에 자리 잡고 있었기 때문이다.

그 결과 어떻게 되었을까?

첫 번째, 취향, 취미 등 그 어떤 것도 나를 위해 존재하고 있지 않았다. 취향에 관심이 없어 내 취향이 무엇인지도 몰랐다. 해외여행을 갈 때도 딸이 가고 싶은 곳이면 "그래, 좋아." 하며 여행에 필요한 돈을 딸에게 주고 모든 것을 맡겼다.

5년 전, 영국 여행을 갔다. 딸은 런던에서 해리포터 스튜디오를 시작으로 영국박물관, 런던 아이, 세인트 폴 성당, 테이트 브리튼 등 정하고, 오페라의 유령을 예약하였다. 여행가는 날이 되면 아무 준비 없이 전날 가방을 싸고 영혼 없는 몸만 딸을 따라갔다 왔다. 비싼 돈을 쓰고 영국, 오스트리아를 시작해서 몇 나라에 여행을 다녀와도 전혀 행복하지 않았다. 지금 만약 여행을 간다면 반드시 내가 가고 싶은 곳을 골라 공부하고, 여행지에서 하고 싶은 일을 미리 정한 후 일정을 계획하겠다. 딸이 가고 싶은 곳이 아닌, 내가 가고 싶은 곳을. 벌써 설렌다.

두 번째, 물건을 사도 행복하지 않았다. 물건을 계속 사들였다. 몸이 피곤하면 집에서 쉬어야 하는데 오히려 집에서 나갔다. 쇼핑하는 시간에는 몸이 날개를 단 것처럼 훨훨 쇼핑 공간을 날아다닌다. 소피아 로렌은 "쇼핑은 자기 돌봄의 시간이다. 그곳에서 나는 나 자신을 위한 작은 선물을 찾으며, 내 안의 아름다움을 기리고 강화할 수 있다."라고 말하였다. '그동안 힘들게 일했으니 지금은 너를 위한 선물을 살 때야. 돈을 써도 돼.'라며 쇼핑할 때마다 또 다른 내가 귀에 속삭였다. 전혀 피곤하지 않았다. 돈을 물 쓰듯이 쓰면서 힘들게 번 돈이라는 생각을 왜 하지 못했을까.

세 번째, 구체적으로 살고 싶은 집을 한 번도 디자인한 적이 없다. 당연히 사고 싶은 집도 없었다. 공간의 중요성을 전혀 몰랐다. 집에 관심이 전혀 없어 부동산 재투자는 물론 아파트 분양받을 때도 평형에 대한 욕심도 없었다. 청소는 일주일에 한 번 겨우 청소기를 돌렸다. 집에 대한 애정이 없으니 취향도 전혀 없었다.

네 번째, 학생들이 자신이 원하는 대학교에 가면 그것이 나의 행복인 줄 알았다. 내가 마치 그 꿈을 이룬 것처럼 착각하였다. 하지만 선생님 덕분에 대학교에 갈 수 있었다고 말하는 학생은 거의 없었다. 대부분이 자신이 열심히 노력한 결과라고 생각하였다. 열심히 한 사실은 맞다. 고맙다는 말을 들으려고 학생들을 도와준 것은 아니었다. 대학교에 들어간 이후 몇 명은 마치 나를 모르는 사람처럼 대하는 태도를 보면서 회의감이 들기 시작했다.

어떻게 살아야 행복한 삶인지 한 번도 진지하게 생각하지 않은 채 학생들을 위하여 학교에서 일만 하면서 살아왔다는 것을 어렴풋이 느끼기 시작하였다.

전혀 행복하지 않았다. 그나마 다행인 점은 학생들에게 에너지를 많이 썼지만 나에게 쓸 에너지가 아직도 남아 있다는 사실이었다.

나 먼저 생각하는 것은 인간의 본능이라고 하는데 완전히 잊고 살았다. 아니 항상 잊고 산다. 나를 먼저 사랑하고 남을 사랑하자고 마음을 바꾸어 본다. 나를 돌보는 일을 찾기 시작하였다.

드디어 어제까지 소유했던 정체성 없는 나를 내려놓고, 행복한 인생을 위한 첫 번째 문장을 쓰기 시작했다.

2장

100세 시대,
　화창한 날에 준비해야 할 것들

건강은 최고 선물이다

현대의 발전된 의료 기술과 건강 관리 방법으로 점점 더 많은 사람이 100세까지 건강하게 살아가고 있다. 이제 어느덧 나도 남은 삶을 어떻게 바라보고 살아갈지 고민해야 할 시점에 다다랐다.

100세 시대를 맞이하여 질문을 해 보았다. "오래 살기만 하는 것이 중요한가, 아니면 삶을 풍요롭게 살아가는 것이 중요한가?"

100세 시대에서는 무엇보다도 건강을 유지하는 것이 가장 중요한 과제이다. 일상적인 운동과 규칙적인 식단은 건강을 유지하는 데 도움이 된다. 하지만 건강을 유지하는 것만으로는 부족하다. 사회적인 연결과 가족과의 유대 관계, 그리고 삶에 대한 의미 있는 목표와 열정을 가지는 것이 특히 중요하다. 이를 통해 우리는 긍정적인 에너지와 행복을 유지하며 더욱 풍요로운 삶을 살아갈 수 있다.

큰이모는 1936년에 태어났다. 작년 추석까지만 해도 아무런 일이 생기지 않았다. 큰이모는 국가에서 주는 적은 연금과 아들이 주는 40만 원의 용돈을 받았다. 사고 싶은 물건을 사고, 밥을 해 먹으며 이모부와 그럭저럭 살았다. 걷는 데도 별 문제 없었다.

10월에 큰이모는 화장실에서 미끄러지면서 타일 바닥에 주저앉았다. 그게 시작이었다. 엉덩이뼈가 부서졌다. 병원에 입원했다. 한 달 넘게 입원하셨다가 집으로 돌아왔다. 자리에 누워 아무것도 할 수 없는 몸이 되었다. 혼자서는 자리에서 일어나지 못하였다. 똥오줌을 받아내야 했다. 밥을 먹을 때는 자식들이 옆에서 양팔을 거들고 일으켜 세워 벽에 기대고 밥상 위에서 밥을 겨우 먹었다.

11월이라 농촌은 무척 바빴다. 귤을 따야 하는 시간에 자식들은 낮에는 일하랴, 밤에는 집에 와서 큰이모 식사 수발, 식사 후에 목욕시키고, 다음 날 먹을 반찬 만들기 등 끝이 없었다.

한 달 후에 자식들은 지쳐 나가떨어졌다. 요양병원으로 모셨다. 자식은 네 명이나 되었지만 저마다 할 일이 있고, 어느 특정 자식에게 모시라고 할 수도 없는 상황이 되었기 때문이다. 넉 달 후 3급 판정받아 지금은 요양원에 계신다.

큰이모 이야기를 들을 때마다 자꾸 같은 연세의 할머니가 떠오른다. 그분은 아직 건강하다. 놀러 가서 보면 자식들을 위하여 끼니때마다 밥을 해주신다. 기억력이 좋고, 유머 감각이 있어 재미있게 말씀을 잘하신다.

차이가 무엇일까 들여다보았다. 사회적인 연결과 가족과의 유대 관계가 무엇보다 중요하다. 삶에 대한 의미 있는 목표와 열정이 많지 않아도 집 밖으로 나가서 사람들과 어울리는 것이 필요하다는 답이 나왔다. 할머니는 외향적 성격으로 50대부터 80대까지 두루두루 동네 분들과 어울려서 화투 치고, 가끔 기분 좋으면 소주나 맥주까지 여러 잔 드신다. 그리고 잘 주무셨다. 자식이 큰 사고를 쳐도 묵묵히 그것을 지켜보며 인내하셨다. 손자에 대한 사랑도 많아 항상 먹을 것을 챙겼다.

할머니가 건강한 삶을 유지할 수 있는 것은 가족 간의 사랑이었다. 세 자식의 어머니를 생각하는 마음, 나이 들어도 아침이면 자식을 위하여 새벽에 일어나 밥 한 끼 먹이려고 당신이 식사 준비를 꼭 하신다. 정답은 거기 있었다.

반면 큰이모는 내향적이었다. 사회적 관계와 가족과의 유대 관계가 부족했다. 시집온 다음 날부터 시어머니 사랑을 받지 못했다고 막내 여동생을 만날 때마다 붙잡고 이야기하곤 했다. 젊었을 때부터 친구들과 거의 놀지 않고 혼자 지냈다. 농사를 지으면서 틈틈이 집 안 꾸미기를 좋아했다. 집에 가면 마당부터 집 안 그 어느 곳도 큰이모 손길이 닿지 않은 곳이 없었다. 앞집 할머니가 가끔 놀러 오는 유일한 벗이었다. 그런데 나이가 들어가면서 앞집 할머니도 몸이 불편하여 집에 오지 못하게 되었다. 말벗이 없어졌다. 우리도 바빠서 자주 가지 못하였다.

그나마 큰이모가 요양병원에 입원하면서부터 사촌 형제자매들은 뭉치기 시작해서 다행이었다.

삶을 살다 보면 때로는 어려움과 위기에 직면할 수 있다. 이러한 상황에서 가족 구성원들이 서로 지지하고 협력해야 문제를 해결할 수 있다. 가족들과 함께 어려운 시기를 극복하는 경험은 서로에 대한 신뢰를 강화하고, 더욱 긴밀한 유대 관계를 형성한다. 다만 이렇게 되려면 평상시에 좋은 관계가 형성되어야 한다.

큰이모 삶을 가까이 들여다보았다. 결코 남의 일이 아니었다. 나이 드신 부모님이 존재한다면 누구든 한 번은 반드시 겪을 일이다. 형제간 좋은 관계를 유지하기 위하여 올해부터는 한 달에 한 번 제주도 집에 내려가면 먹을 것을 준비하고 동생들을 부르고 있다. 내가 나이 들어도 형제간의 유대 관계가 좋다면 두려울 것이 무엇이 있으랴. 가족 간의 사랑이 그 무엇보다도 중요하다.

오래 사는 것은 삶에서 가장 중요한 가치 중 하나이므로 건강해야만 한다. 그동안 미뤄두었던 꿈을 이루기 위해서, 소중하고 의미 있는 경험과 추억을 쌓기 위해서라도 두 발로 걸어 다닐 수 있어야만 한다. 나의 재산 목록 제1호는 건강이다.

"건강은 최고의 선물이다. 만약 당신이 건강을 가지고 있다면, 당신은 모든 것을 가진 것이다." – Tilopa

늦게 핀 꽃도 아름답다

이 시대가 축복인지 재앙인지 그 진실은 아직 알 수가 없다. 하지만 퇴직 후에 40년을 더 살아야 하는 것은 사실이다. 반드시 미래를 준비해야 한다.

김병숙 교수는 『은퇴 후 8만 시간』에서 한국인은 은퇴 전까지 통상 8만 시간 정도 일한다. 25세에 직장 생활을 시작해서 60세에 정년을 맞는다고 가정하고 계산한 최소한의 노동 시간은 84,000시간(8시간*25일*12개월*35년)이다. 은퇴 후에는 하루 중 수면, 식사, 목욕, 가사노동 등 일상에서 꼭 필요한 시간을 제하고 남는 시간은 하루 11시간 정도 된다. 100세까지 산다고 가정한다면 160,160시간(11시간*365일*40년)이라는 시간이 주어지는 셈이다. 실제로 만족스러운 은퇴 생활을 즐기는 은퇴자들의 삶은 노동과 여가, 교육 활동이 균형적으로 이루어져 있는 경우가 많다. 재취업을 하거나 새로운 일을 시작할 때도 노동강도와 노동 시간을 줄여 하루 4~5시간, 즉 16만 시간의 절반인 8만 시간 정도를 일(work)하는 데 투자하는 경향이 크다고 말했다.

이 8만 시간 동안 나는 무엇을 해야 한단 말인가? 은퇴 후 남은 8만 시간을 잘 살기 위하여 60세 이후에 열심히 사는 다른 사람들도 찾아보았다.

바로 김병숙 교수님이다. 경기대학교에서 대학원 직업학과 교수로 재직하시다가 퇴직하셨다. 현재 70대 중반이지만 한국직업상담협회 이사장으로 계시면서 아직도 강의와 직업상담 관련 일을 왕성하게 하고 계신다.

두 번째 103세 철학자 연세대 김형석(철학과) 명예교수이다. 은퇴 후 8만 시간을 그 누구보다도 행복하게 누리고 있다. 김현정의 뉴스쇼(2022.7.15.)에 나와 말했던 기사를 읽었다.

"정신이 늙지 않는 방법은 계속 공부하는 사람, 독서를 계속하는 사람, 예술적 정서를 풍부히 가진 사람에게서 찾을 수 있다. …사회에 관심을 가지고 나를 위한 꿈이 아닌 세상을 위한 꿈을 생각해."라고 쓰여 있다.

"정신적인 내가, 신체적으로 늙은 나를 업고 다니는 것 같아요. 늙지 않는 것 같아요."라는 문장이 가장 인상에 남는다. 나이가 들어가면 신체는 분명히 늙는다. 하지만 계속 공부하면서 독서를 지속하고, 예술을 즐기며, 살면서 받은 것을 사회에 나누면 정신은 팔팔하여 늙지 않는다는 말이다.

남은 삶을 정신이 늙지 않게 끊임없이 공부하고 독서를 하며 예술을 곁에 두고 살면 은퇴 후 8만 시간은 나에게 '그대 내게 행복을 주는 시간'으로 노래를 부르며 존재하지 않을까.

세 번째, 『늦게 핀 꽃이 더 아름답다』 수필집은 유쾌한 시니어 문영숙 작가가 자신의 눈물과 감동이 있는 삶을 다루었다. 1982년생 김지영보다 더 힘들었던 1953년생 문영숙 작가는 예순을 훌쩍 넘긴 지금도 역사 동화 작가이자 코리안 디아스포라 작가라 불리며, 저작과 강연으로 왕성하게 활동하고 있다.

만 98세에 펴낸 시집이 160만 부 가까이 팔리는 초 베스트셀러를 기록한 일본 할머니 시인 시바타(柴田) 도요, 90세를 훌쩍 넘은 나이에도 예술혼을 불태우는 국내 맹호도의 일인자 지광 이영로 화백, 1932년생 쓰레기 예술가로 불리는 일본의 미시마 작가, 작은 붓 하나로 시골 마을을 예술 갤러리로 만든 농부 아그네스 할머니를 인터넷에서 만났다.

늦게 핀 꽃들을 찾아 순례하다 보니 은퇴 후 8만 시간을 주로 예술 활동을 하며 보내고 있었다. 예술은 사람들의 노후에 다양한 방식으로 도움을 준다. 정신적 안정감을 제공하고 확산적 사고인 창의성을 발달시킨다. 인간관계를 좋게 만들고, 자아실현과 목표 설정에 도움을 준다. 신체 활동을 촉진하며, 자아존중감을 높여주고, 기억력 감퇴를 막아주는 등 풍요로운 노후를 즐길 수 있도록 도와준다.

눈에 보이지 않는 곳에서 사람들이 60대 이후 삶을 그 누구보다도 치열하게 살고 있었다.

'이 사람들도 하는데 나라고 왜 못 하겠어. 할 수 있어.' 거울 안의 나를 쳐다보면서 말했다.

주변 사람들은 퇴직할 때까지 열심히 일하고 살았으니 퇴직 후에는 그동안 못했던 일—주로 여행—을 하며 살겠다고 한다. 하지만 나는 좋아하는 일—글쓰기—을 하면서 가끔 여행하기를 원한다.

100세 시대는 축복이다. 인생 후반기 보너스처럼 주어질 8만 시간 동안 하고 싶은 일을 찾아 열정으로 실행에 옮긴다면 끊임없이 성장하고 성취할 수 있다. 길어진 수명 그 시간을 무엇으로 채워 어떤 가치를 추구하여 어떻게 사회에 봉사할까.

100세 시대는 마지막 장을 쓰는 작가와 비슷하다. 지금까지의 경험과 지식을 총동원하여 삶을 마무리하는 시간을 가지게 된 것처럼. 내일 죽는다면 오늘 어떻게 살 것인가 항상 자신에게 물어보며 하루를 살아야 한다.

옳은 길은 내가 선택한 길에서 만들어진다

그라하무는 "갈림길에서 옳은 길은 없다. 옳은 길은 내가 선택한 길에서 만들어진다."라고 말했다.

갈림길에 들어섰다. 명예퇴직금을 받고 학교에서 나갈 것인지. 아니면 정년퇴직할 때까지 버티며 학교에서 근무할 것인지. 교사 생활 34년 차. 정년퇴직까지 6년이 남았을 때 고민했다. 교사 생활 만 33년을 채워서 2021년 9월부터 기여금을 내지 않게 되었다. 교사로서 할 일을 다 끝마친 것 같은 생각이 들었다. 오랜 숙제를 끝낸 기분이었다.

곰곰이 생각해 보았다. 교사로 살아오면서 한 번도 명예퇴직하는 삶을 생각하지 않았다. 교육 현장에서 가끔 학생과의 갈등이 있을 때 잠깐 '이 대로 퇴직해 버려.' 하고 생각한 적은 있지만 진지하게 명예퇴직을 고려한 적은 단 한 번도 없었다.

대학교 때 5인방이었던 윤희와 영애, 숙희도 학교를 떠났다. 왜 떠났을까? 셋 다 외향적이고 인간관계가 원만한 친구였다. 건강 때문일까? 셋 다 건강한데. 만나지 못한 세월만큼 친구들과의 물리적 거리와 감정적 거리도 저만큼 멀어졌기 때문에 전화해서 물어볼 수도 없었다. 연금 말고 노후에 충분히 쓸 만큼 돈이라도 따로 벌었나? 친구들에게 물어보고 싶은 이야기는 많은데. 코로나19로 만나기도 쉽지 않았다.

인생에서 학교를 떠난 삶을 한 번도 생각한 적이 없다. 왜 나는 학교를 떠나지 못하고 있을까? 학생들이 있기 때문이었다. 학교에서 교사는 학생들의 성장을 돕는다. 학생 개인의 능력과 잠재력을 발견하고, 꿈을 이룰 수 있게 동기를 부여하며, 지기 주도적으로 학습과 도전을 하게 만들었다. 결과도 좋았다.

퇴직했을 때 좋은 점을 떠올렸다. '학교에 안 나가도 된다, 수업을 안 해도 된다, 일을 안 해도 연금이 나온다, 여행을 마음대로 갈 수 있다, 시간이 많다, 잠을 실컷 잘 수 있다.' 등 생각하다가 시간 낭비라고 생각하여 그만두었다. '어차피 나는 정년퇴직까지 갈 거야!' 앞으로 6년 남았으니 얼마나 다행이야! 2년 남았으면 어떻게 하려고 했어? 그래. 정년퇴직까지 교사로서 학교에서 못 해 본 것은 전부 해 보자. 정년퇴직 후 무엇을 하며 살지?에 대한 답을 찾아보기로 마음을 바꾸었다.

먼저 나의 정체성에 대하여 생각해 보았다. 나는 누구인가? 무엇을 좋아하는가? 무엇을 잘하는가? 교사로서의 철학은 무엇인가? 교사로서 어떻게 살았을까? 퇴직 후 연금을 받으면 생활할 수 있지만 아무 일도 하지 않고 사는 삶은 생각할 수 없다. 집에서 아무 생각 없이 TV 앞에만 앉아 있는 삶을 견디지 못하고 머리를 두 손으로 쥐어짜는 모습이 보였다. 성격상 무엇이든 해야만 하는데 어떤 일을 할지 도무지 갈피를 잡을 수가 없었다.

정년퇴직 후 무슨 일하고 살지 조금씩 고민을 시작했다. 찾을 수가 없었다. 방법이 보이지 않았다. 학생들의 진로를 찾아주는 역할을 하는 진로 교사가 정작 나의 진로는 찾지 못하고 있었다. 나는 무엇을 좋아하는가? 하나도 떠오르지 않았다. 나는 무엇을 잘하는가? 나의 가치관은? 진로 수업할 때마다 학생들에게 자기가 좋아하고 잘하는 일을 찾아야 한다고 목청 높여 부르던 내가 아니었던가. 나는 그 어디에도 존재하지 않았다. 하얀 백지만 덩그러니 눈앞에 펼쳐졌다. 눈에 보이는 나는 있지만 눈에 보이지 않는 나는 정말 없는, 내가 누구인지 모르는 말도 안 되는 상황이 눈앞에 있었다. 내가 누구인지 설명할 수가 없다. 몇 달이 그냥 흘러갔다.

은퇴 후 삶은 내가 살아보지 못한 두 번째 인생이다. 전혀 새로운 삶이다. 생각지도 못하였던 일들이 내 눈앞에 시작될 것이다. 두 번째 인생을 살기 위하여 무엇이든 준비해 보기로 하였다. 그렇다면 언제부터 어떻게 준비해야 하는가? 지금부터 미래에 해 보고 싶은 것을 반드시 행동으로 옮겨 실천해 보는 것이 필요하다.

농부의 딸이었다는 것이 기억났다. '그래! 식물 키우기를 해 보자!' 핑계는 정년퇴직 후에 농사를 지을 것이니 미리 식물을 키워보자는 것이었다. 꽃을 사려고 광교산 자락 아래 어느 화원으로 갔다. 비닐하우스로 되어 있는 많은 화원 중 주차장이 옆에 있는 곳에 주차한 후 무작정 들어갔다. 꽃보다 다육 식물이 더 많이 비닐하우스를 거의 채우고 있었다. 자매가 운영하는 곳이었다. 예쁜 언니라고 불러주는 바람에 거기에서 머물러 화원을 죽 둘러보았다.

생전 처음 보는 많은 다육 식물들이 비슷한 듯 다른 듯 저마다 각양각색의 크고 작은 화분에서 얼마나 예쁘게 모양을 내고 있는지 한눈에 반했다. 손으로 빚은 화분들은 다른 예술 작품보다 더 돋보였다. 화원을 한 바퀴 다 돌고 평소처럼 아무 생각 없이 일을 저질렀다. 장미처럼 생겨 이름도 사랑스러운 '러블리 로즈, 꽃이 피면 예쁜 방울복랑, 이름만 맹한 춘맹, 자구가 끊임없이 생기는 레티지아' 등을 샀다.

유튜브를 통하여 다육 식물 공부를 시작했다. 공부해야 할 것이 많았다. 매일 새로운 단어들을 배웠다. '자구, 웃자라다, 하엽, 목대, 잎꽂이' 등 노트에 적으며 물 주는 법, 다양한 다육 식물 이름…. 알면 알수록 비슷하게 생긴 식물이 많았다.

마음에 드는 다육 식물을 하나둘씩 집에 들이게 되었다. 어느새 공간을 차지하기 시작하였다. 다육 식물이 사랑에 빠지면 어떤 사람들은 집 안 대신 외부 키핑 하우스의 공간을 빌려 다육식물들을 키우기도 한다는 사실을 이전 학교에서 같이 근무했던 현숙 선생님께 들었다. 자신도 다육 식물을 키핑 하우스에서 키우고 있다면서 집 안의 다육식물들을 사진으로 보여 주었다. 한 번도 다육 식물에 관한 이야기를 한 적이 없었는데 내가 다육 식물에 관심이 있는 것을 알고 그제야 이야기를 풀어놓았다.

사다 놓은 다육식물들을 대상으로 온갖 일을 저질렀다. 조금이라도 시들어가는 아래 잎은 핀셋으로 인정사정없이 떼어냈다. 잘 떨어지지 않으면 강제로 떼어냈다. 잎꽂이를 한다고 멀쩡한 잎들을 전부 몸체에서 떼어내어 화분 흙 위에 올려놓았다가 다 죽이기도 하였다. 다육 식물을 키우면서 지나치게 간섭하였다. 아낀다면 대상을 방치하지 말고, 잘 자라라고 그것에 직접 개입하지도 말아야 하는데 그게 어디 말처럼 쉬운 일인가.

'춘맹을 7만 원 주고 샀다. 목대가 굵고, 소나무처럼 구불구불하게 만들어졌다.(주인의 애정이 스며 있는 아이였다. 주인과 함께 시간을 많이 가진 아이여서 주인이 이 아이를 어떻게 보냈을까 그때는 미처 생각조차 못 했다.) 그런데 계속 쳐다보니 싫증이 났다. 나무처럼 튼튼해진 여러 개 목대를 전부 밑동에서 잘라내 그 줄기를 다른 화분에 옮겨 심었다. 결국 뿌리를 내리지 못하고 다 죽었다. 다육 식물은 눈으로 구경만 하면서 햇볕을 잘 받고, 바람을 이겨내면 잘 자랄 것을 손으로 자꾸 만지면서 성가시게 구니 결국 견디지 못하고 대부분 눈앞에서 사라졌다.

누군가를 진정으로 사랑해서 아낀다면 《孟子》 '공손추(公孫丑)' 상편에 나오는 물망물조장(勿忘勿助長: 마음으로는 잊지 말고, 억지로 자라나게 도와주지도 말라.) 문장을 잊지 않으려고 항상 노력해야 한다.

몇 개월이 지나면서 다육 식물이 집에서 거의 사라질 무렵 마음도 자연스럽게 다육 식물에서 멀어졌다. 그만그만한 것이 잘 들여다보면 모양이 비슷하고, 신경도 많이 쓰였다. 여름이 지나 울긋불긋 물든 모습을 보면 다들 예쁘다고 하는데 전혀 예쁘지 않았다. 단풍이 든 색깔 자체를 별로 좋아하지 않아서일까? 고유의 색이 있어야 하는데 똑같은 색깔을 보면서 흥미를 잃고 말았다. 그렇게 다육 식물 사랑은 끝이 났다.

다육 식물을 키우면서 이 일이 과연 나를 돌보는 일일까? 생각해 보았다. 나를 돌본다는 것은 나의 몸과 영혼에 집중하는 일이다. 그런데 마음을 돌본 것이 아니었다. 몸을 돌본 것은 더욱 아니었다. 반려 식물에 집중하여 그것을 잘 키운다고 나를 돌보는 일은 아니다. 식물만 잘 자라고 있다. 그것을 보고 흐뭇하게 웃는다면 학생들이 목표를 설정하고 열심히 노력하여 원하는 대학교에 합격하는 것을 쳐다보고 있는 것과 무엇이 다르겠는가. '식물보다 나를 더 사랑해야 한다. 나에게 집중할 때야.' 그래도 식물 키우기가 내가 좋아하는 일의 일부분이라는 것은 확인할 수 있었다.

나 혼자 씩씩하게 미래 준비하고 있을 때 같은 학교에서 근무했던 1년, 2년, 3년 선배 여교사가 한꺼번에 명예퇴직하고 교단을 떠났다.

반면에 초심으로 돌아가 제2막 인생 무대를 준비하는 나는 마치 공사 현장에서 바닥부터 새롭게 건물을 세우는 건축가와 같았다.

준비가 안 된 명예퇴직은 하지 말아야 한다

2021년부터 '내가 33년을 채우고 2022년 2월에 명예퇴직하면 무엇을 할까!' 고민하는 시간을 가졌다. 아무리 생각해도 할 일이 없다. 명예퇴직을 하고 집에서 쉰다면 노인 강아지 두 마리와 종일 같이 대화하며 시중을 들고 살아야 한다. 딸의 식사는 잘 챙겨줄 수 있을까? 방학 중 하루를 떠올려 보았다.

6시에 일어나 습관적으로 TV를 켰다. 뉴스는 쳐다보지 않고 유튜브를 클릭하는 것이다. 구독 중인 수십 개의 채널을 한 번씩 클릭하면서 밤사이에 새로운 뉴스가 있는지를 확인했다. 제목을 보고 어떤 내용은 시청하기도 한다. 미니멀라이프를 한다고, 깔맞춤한다고 멀쩡한 물건들을 색깔이 눈에 거슬린다고 비우고 바꾸었다. 독서는 거의 안 했다. 넷플릭스에 들어가 영화를 보기도 했다. 시간이 금방 지나갔다. 집 안을 왔다 갔다 하면서 먹을 것을 찾기도 했다. 기분이 좋으면 가끔 밖에 나가서 개구름과 산책하였다. 밤 10시가 금방 되었다. 아무 생각을 하지 않았다. 잠을 자고 또 일어났다.

아무런 준비도 없이 명예퇴직한다고 생각해 보았다. 소파도 마음에 안 드는데 바꾸고 싶겠지. 그런데 돈이 없어서 스트레스를 받을 거야. 청소는 더 열심히 할지도 몰라. 열심히 하다 보면 더 몸을 쓰면서 아플 수도 있겠지. 아무리 생각해도 이건 아니다. 결국 소비하고 싶은데 소비를 마음대로 하지 못해서 마음도 아플 것이다. 꼬리에 꼬리를 물고 쓸데없는 잡념으로 하루하루를 살 거라고 결론을 내렸다.

교사라는 타이틀을 나에게서 떼어내면 학교 밖에서 나를 어떻게 설명할까? '전직 교사'보다는 '선생님'이라는 호칭이 나를 드러내는데 훨씬 더 자신감을 가질 수 있게 한다. 현직에 있으면서 받는 월급은 명예퇴직금과 연금을 합하여 한 달에 쓸 수 있는 금액보다도 많아 경제적으로도 훨씬 이익이다.

나이 들어가는데 직업이 있다면 학교에 오가며 긴장감이 있어서 신체를 움직이는 데도 플러스가 많다. 방학이 되면 필자는 항상 덜 움직여서 살이 찌곤 하는데 개학하면 살이 신기하게 빠졌다. 엄마 마음으로 아이들을 들여다본다. 학생들과 대화하면 즐겁다. 아침부터 집에 갈 때까지 아이들이 재잘거리는 소리를 들으면 마음이 유쾌하다. 어른들과 별로 대화하지 않는 나에게 아이들은 영양제 역할을 한다. 내가 필요한 사람들 때문에 존재감이 드러난다. 일은 나의 힘이며 무기다.

아침에 일어날 때부터 출발점이 다르다. 빨리 움직인다. 시간을 낭비할 수가 없다. 학교에 도착하면 이미 할 일이 정해져 있다. 수업, 상담, 업무처리 등 8시간 근무 시간이 나도 모르게 지나간다. 하루하루를 정신 차려서 살아가지 않으면 아무것도 남지 않는다.

마음가짐도 다르다. 직장에 다닐 때는 항상 긴장감을 느낀다. 옷을 신경 써서 입고, 머리를 매만지며 염색하고, 얼굴에 신경을 쓴다. 언행을 조심하면서 학교에서 만나는 다른 선생님들과 학생들에게도 관심을 가지고 배려한다. 업무를 처리하느라고 하루를 보내다 보면 늙을 시간이 없다.

코로나19로 학교에서 아이들 보기가 점점 어려워지면서 『김미경의 리부트』를 읽기 시작했다. '코로나로 멈춘 나를 다시 일으켜 세우는 법'이라는 부제목이 달렸다. 57세의 김미경 저자가 바뀐 생존 공식 속에서 '나'는 어떻게 살아남을 것인가를 고민해서 쓴 책이었다.

코로나19 이후는 완전히 다른 세상이 되어 살아가는 방식, 돈 버는 방식이 완전히 달라진다. 이전에 가르쳤던 방식을 완전히 리셋해야 한다, 변화가 빠른 시대에는 빨리 배우고 바로 적용하는 즉시 교육이 필요하다는 이야기를 읽었다. 진로 수업을 바꾸어야 한다는 것을 직관으로 느꼈다. 내가 하고 싶은 일과 관련되어야 한다. 지금 당장 교실에서 학생들과 함께할 수 있는 교육을 찾았다. 블로그 글쓰기였다.

2019년까지는 정신없이 진로 탐색 프로그램을 운영하느라 다른 생각을 가질 정신적인 여유가 없었다. 돈이 없으면 공문을 보고 운영계획서를 써서 제출하여 돈을 악착같이 받아냈다. 그 돈으로 아이들에게 필요한 진로활동 재료를 사고, 간식을 사 먹였다. 코로나19로 진로 탐색 프로그램을 기존처럼 운영할 수가 없었다. 궁여지책으로 발 빠르게 움직여 온라인 매체 활용 수업을 진행할 수 있는 프로그램을 만들어 운영하였다. 코로나 블루로 세상은 아우성치는데 아이러니하게도 온라인 수업하다 보니 시간은 여유가 생기기 시작했다.

유튜브를 보고 무엇이든 공부하고 내 삶에 적용해 볼 수 있는 세상이다. 어떤 내용을 검색해도 콘텐츠가 다양해서 없는 내용이 없다. 내공이 담긴 전문가들의 엄청난 지식과 지혜가 무료로 쏟아진다. '좋아요'와 구독을 꾹 눌러달라고 크리에이터들이 방송 시작과 함께 대사를 날린다. 실천이 문제다.

매체 활용 진로 탐색 프로젝트는 자기 적성과 능력을 발견하고 좋은 습관 형성으로 자기관리 능력 함양, 개인 맞춤형 성취 목표를 정하여 자발적 참여를 통한 자기효능감 향상을 목적으로 5년 전에 만들었다. 매년 학생의 진로활동에 활용해도 손색이 없었다.

지금은 나를 위한 프로젝트로 움직이고 있다. 블로그 글쓰기와 유튜브 활용 진로 탐색 프로젝트로 나를 탐색하며 들여다보고 자아를 돌보기 시작했다.

퇴직 준비하려면 나를 성장시킬 수 있는 공부를 하면서 학교에서 계속 존재해야 한다. 학교에서 살아나가려면 학교생활이 즐거워야 한다. 학교 생활을 즐겁게 하려면 자신이 좋아하는 일을 찾아서 하루하루를 행복하게 살아야 한다.

나는 버틸 수 있는 데까지 버티기로 결심했다

나의 선택과 행동이 미래를 결정한다. 진로 교사로서 고등학교에 발령 받고 5년 6개월 후 중학교로 내려가서 6년. 올해 다시 고등학교로 왔다. 남은 5년 동안 고등학교에서 지난날 제자들을 키워서 대학교에 보냈던 그 짜릿함을 다시 맛보고 싶었다.

문제는 내가 옮긴 고등학교였다. 『진로와 직업』 교과서가 2학년 교양 과목 선택교과로 정해져 있는 것이 아닌가? 2학년은 이미 진로가 결정된 학생이 대부분이다. 2학년 창의적 체험활동에 진로활동이 이미 한 시간

있는데 진로 교과를 얹어 놓았다. 과목별 세부 특기사항에 진로 관련 기록을 해주면 대학교에 더 잘 들어가지 않겠느냐는 생각에 교육과정 안에 만들어 놓았다는 『진로와 직업』 교과. 2학년 10개 반 『진로와 직업』 교과 시간. 암울했다.

차가운 제자들의 시선을 보면서 날마다 많은 생각을 했다. 요즘 학생들이 이 정도로 차가운 아이였나? 말을 건네는 학생이 거의 없다. 아무리 이 학교에 온 지 얼마 안 되었기 때문이라고 해도 인정이 느껴지지 않는 모습들.

젊은 교사들의 차가운 눈빛도 한몫했다. 그래도 몇몇 선생님은 가끔 찾아가면 위로를 해주었다. 학교 옮겼을 때 자신들도 1년 동안은 적응하기 힘들었다, 힘든 것이 당연하다고.

6월이 조금 지나면서부터 숨쉬기가 조금 편해졌다. 몇몇 학생과 조금씩 말을 주고받기 시작했다. 동료 교사와도 전문적 학습공동체 활동과 직업인 특강 등 진로 행사를 주관하면서 조금씩 얼굴이 서로 눈에 익숙해졌다. 인사하면서 웃는 교사들이 생기기 시작했다.

나이가 들어갈수록 교사들은 설 자리가 별로 보이지 않는다. 나이가 많다고 대접을 해주던 시대는 저 멀리 떠나간 지 오래되었다. 부장 교사가 아니면 차라리 담임을 맡는 것이 낫다. 최소한 반 학생들과는 소통이

될 테니까. 진로 교사들은 학교에서 대부분 진로 부장을 하고 있어 담임 한다는 일은 거의 생각할 수 없다. 나 역시 2009년을 마지막으로 담임을 한 번도 하지 못했다.

나름대로 퇴직할 때까지 버티기로 결심하였다. 쉬운 일은 결코 아니다. 노력을 많이 해야 한다. 마음을 내려놓고 생각을 가다듬고, 행동이 뒤따라야 한다.

고등학교에서 중학교로 발령받아 보니 진로진학상담부에는 계원이 없었다. 차라리 잘되었다고 생각했다. 계원 없이 혼자서 부서의 일을 진행하였다. 누구의 도움 없이도 할 수 있는 일을 계획하는 것이 무엇보다 중요하다.

○○고등학교에 있을 때 다른 사람의 도움을 받아야만 할 수 있는 일을 계획하고 운영하였다. 계원 아무도 도와주지 않는다고 불만을 터트렸다. 일을 하고 욕을 무척 먹었다. 나를 아껴주셨던 교장 선생님께서 명예퇴직하고 떠나면서 "왜 시키지도 않은 일을 만들어 교사들 간의 갈등을 만들었나? 일하고 싶으면 입을 다물고 조용히 일만 하라."라는 말을 해주셨다. 이후에는 계획 단계부터 혼자서 진행할 수 있는 진로 프로그램을 만들어 운영한다. 교사들과의 갈등이 생기지 않았다. 교과 시간에 프

로그램을 운영하면 오히려 그 시간에 진로활동이 생김으로써 더 좋다는 생각이 들게 운영하려고 최대한 노력을 한다.

그리고 학년 부장과의 협의가 무엇보다도 필요하다. 이전 고등학교에서 여름 방학에 '미래자서전 쓰기' 프로그램을 혼자 계획하고 1학년 부장에게 이야기하지 않았더니 보충수업이 끝나면 와야 하는 학생들이 한 명도 오지 않은 적이 있었다. 아무리 좋은 프로그램을 운영한다고 하더라도 한 명도 오지 않는 프로그램. 아니다.

또 나이 들면서 말을 줄이고 있다. 나의 공간에 다른 교사들을 끌어당기지 않는다. 진로교과실은 학생들에게는 오고 싶은 공간이지만 교사들에게는 차가운 공간이다. 진로 교사가 되었을 때부터 진로교과실에서 수업이 없을 때는 일만 한다. 사람을 좋아한다면 많은 사람이 올 수 있는 공간이기 때문에 음식을 차려놓고 좋아하는 사람들을 불러서 친목 관계를 형성할 수도 있다. 지금까지 한 번도 그런 공간으로 만든 적이 없다.

마지막으로 성과급 욕심을 내려놓았다. 그냥 주는 만큼 받고 말자. ○○고등학교에 있을 때는 누구보다도 열심히 일했기 때문에 당연히 성과금을 많이 받아야만 한다고 생각해서 진로 진학 상담 실적을 적어 내부 결재받고 수업 시간으로 인정받았다. 그러나 2020년부터 욕심을 내려놓았다. 수업 시간과 상담 시간을 합쳐도 다른 교사의 평균 시수만큼 나오지 않았다. 성과급 기준안 협의하는 과정에서 교사들의 예민한 분위기를 보며 아무 말도 하지 않았다. 그냥 마음을 내려놓았다. 아무 일도 아니었다. 홀가분했다.

마음을 내려놓는다. 생각을 가다듬는다. 행동으로 옮겨 실천한다.

일생에 한 번은 책을 쓰라

사람은 죽어서 땅에 이름을 남긴다. 죽은 사람은 땅에 뿌려진 씨앗과 같다. 사람은 몸으로 이승을 살아가고, 죽은 후에는 이름으로 영원히 살아간다. 개인의 성향과 관심사에 따라 다양한 방법으로 이 세상에 살다 간 흔적을 남긴다. 어떻게 살았느냐에 따라 영혼의 슬픈 그림자가 되기도 하고, 빛나는 태양으로 존재하는가 하면 흔적도 없이 사라지기도 한다. 죽기 전에 사람들에게 남길 수 있는 것은 무엇일까.

1) 영감과 가르침

삶의 경험과 지식을 다른 사람들과 공유하여 영감과 깨달음을 전달하는 글, 책, 시, 그림, 음악 등의 창작물을 남길 수 있다.

2) 사랑과 관심

죽은 후에도 사랑과 관심으로 기억되는 것은 가족, 친구, 동료, 사회 활동, 자선 활동 등을 통해 남길 수 있다.

3) 영구적인 기록

개인의 업적이나 사회적 공헌을 기록하여 역사에 남기는 것으로 연구, 발명, 창작, 사회 활동, 기부 등을 통해 자신의 흔적을 남길 수 있다.

4) 가치와 가르침

정의, 도덕, 인류애, 영성 등의 가치와 가르침을 실천하고 전파하는 것을 통해 영원히 기억될 수 있다. 이는 자기 행동과 대화를 통해 이루어질 수 있다.

5) 후원과 기증

죽은 후에 재산, 부동산, 자선 기부 등을 통해 사회 발전과 도움을 줄 수 있다. 이는 기업, 재단, 기부 단체 등에 후원하거나 유용한 자산을 기증하는 것을 말한다.

6) 사회적 영향력

사회적 문제에 대한 인식과 변화를 이끌며, 사회적 운동, 활동, 리더십 등을 통해 사회에 긍정적인 영향을 끼칠 수 있다.

7) 선한 추억과 영원한 유산

사랑하고 존경받는 사람으로서의 기억과 추억을 떠나, 선한 행동, 인간적인 가치, 관계 형성, 희생, 자비 등의 가치를 통해 영원한 유산을 남길 수 있다.

나는 죽고 나면 사람들에게 어떻게 기억될까. 죽은 후에 내가 남길 수 있는 것을 찾아보았다. 영감(작사, 책, 시), 사랑과 관심, 후원과 기증이 눈에 들어왔다. 이것을 후세에 남기려면 퇴직 전부터 차근차근 준비해야 한다.

작사는 이미 시작하였다. 시도 천천히 쓰면 된다. 계속해서 할 수 있고, 하면 된다.

사랑과 관심은 지금처럼 가족과 우애를 다지며 살아가고, 사회 활동하면서 실천할 수 있다.

마지막으로 책 쓰기가 남았다. 일본의 철학가 모리 신조도 "일생에 한 번은 책을 쓰라."라고 말했다. 어렸을 때부터 죽기 전에 내 이름이 박힌 책 한 권을 출판하겠다고 버릇처럼 말했다. 그때나 지금도 내 존재가 영원히 사라진다고 생각하면 언제나 무상함이 밀려온다. 나의 발자취를 남기고 싶다. 책 쓰기는 잊어버린 옛날을 되살리는 키다. 위대한 문학 작품을 남기는 것이 아니라 흔적을 찾아 정리하는 것이다.

2028년 2월 28일 정년퇴직 하는 날. 동료 교사들에게 출판된 책을 한 권씩 선물로 나누어 주려고 했다. 여느 교사와 다르다는 것을 보여 주고 싶은 심리가 마음 깊은 곳에 자리 잡고 있었다.

책 한 권을 쓴다는 것은 애를 낳는 일에 비유할 만큼 많은 시간과 자기공을 쌓아야 하는 일이다. 작년에 초고를 썼다. 책 쓰기가 쉽지 않았다. 이유가 많았다. 10년 이상 책을 읽지 않았다. 기록하지 않았다. 어휘력이 부족하였다. 경험을 요약해서 쓴 다음 생각이 전혀 떠오르지 않았다. 깨달음이나 교훈은 당연히 얻을 수가 없었다. 독자들에게 전달할 메시지가 떠오르지 않았다. 구양수가 말하는 '3多(다독, 다작, 다상량)' 중 어느 것 하나 제대로 되지 않았다. 글을 쓸 준비가 전혀 되지 않았다는 것을 깨달았다. 아직 내공이 쌓이지 않았구나!

그 순간 빨리 걷겠다는 마음을 내려놓았다. 시간은 많이 있다. 천천히, 오래 하나씩 해 보자. 결코 욕심을 부리지 말자. 새벽 4시에 일어나 독서와 일기 쓰기를 하기 시작했다.

올해 7월부터 초고를 다시 썼다. 4월부터 전자책 공저, 네 권에 「취향 따라 그대로」, 「나는 복실이 만나러 제주도 간다」, 「Blue eyes crying in the rain」, 「나는 아버지 딸이었다」를 쓰고 이름을 올리다 보니 자연스럽게 흥이 나기 시작하였다. 에너지가 더 솟구쳤다. 종이책 한 권도 아직 출판하지 못하였지만 다른 책을 쓰고 싶은 마음도 깊은 곳에서 덩달아 차올랐다. 퇴직까지 세 권의 책을 쓸 계획을 세웠다.

가슴이 뛴다. 지금 쓰고 있는 책을 완성하고 진로, 미니멀라이프를 소재로 책 쓰기에 계속 몰입하고 싶다. 전자책으로 쓸 수도 있다.

책을 출판하면 10년이 지나도 내 책 속에 등장했던 제자와 딸과 그 당시의 이야기를 나눌 수 있다. 20년이 지나면 손자와 소통할 수도 있다. 책을 내면 내가 살아온 흔적을 반영구적으로 남길 수 있다. 내가 쓴 책을 읽고 이 세상을 살아가고 있는 누군가는 영향을 받는다.

일정	나이(만)	목표	추진 내용	해야 할 일	진도(%)
2023년 7월	57	책 출판 초고 완성하기	일주일에 두 꼭지씩 초고 쓰기		
2023년 8월	57	책 출판 초고 완성하기	일주일에 두 꼭지씩 초고 쓰기	초고 3-5, 3-6 초고 3-7, 3-8 초고 4-1, 4-2 초고 4-3, 4-4 초고 4-5, 4-6	
2023년 11월	58	책 출판 퇴고 완성하기	한 달에 한 번씩 퇴고하기	일주일에 한 장씩 퇴고하기	
2023년 12월	58	책 출판	책 출판	책 출판 홍보하기	9월 출판 완성
2024년 1월	58	유튜브 활용 진로활동 정리하기 책 출판 초고 쓰기 시작	유튜브 활용 진로활동 공부하기 책 출판 초고 쓰기 시작	유튜브 활용 진로활동 초고 쓰기	책 내용 수정
2024년 12월	59	유튜브 활용 진로활동 정리하기 책 출판 초고 완성	유튜브 활용 진로활동 정리하기 책 출판 초고 완성	유튜브 활용 진로활동 정리하기 (세분화 필요)	
2025년 4월	59	책 출판 퇴고 완성하기	한 달에 한 번씩 퇴고하기	일주일에 열 장씩 퇴고하기	
2025년 8월	60	유튜브 활용 진로활동 출판	퇴고하기	유튜브 활용 진로활동 퇴고하기	
2025년 12월	60	유튜브 활용 진로활동 책 출판	진로활동 출판	책 출판 홍보하기	
2026년 12월	61	책 출판 초고 완성하기	일주일에 두 꼭지씩 초고 원고 쓰기	책 출판 초고 완성하기	미정
2027년 12월	62	책 출판 퇴고 완성하기/출판	한 달에 한 번씩 퇴고하기	책 출판 퇴고 완성하기	
2028년 1월	63	유튜브 운영	유튜브 운영 계획 세우기	유튜브 콘텐츠 정하기	
2028년 2월	63	정년퇴직			

호랑이는 죽어서 가죽을 남기고, 사람은 죽어서 이름을 남긴다는 말처럼 우리는 한 번 태어났으면 육체는 비록 사라져도 세상에 뜻 있는 흔적을 남겨 후세에 이름이 영원히 기억되기를 바란다. 시간과 공간을 초월하여 영원히 나의 흔적을 남길 수 있는 책 쓰기 그 꿈을 이루기 위하여 출발선에 섰다.

현재의 행동이 미래의 현실을 만든다

꿈은 상상력과 창의력을 키워주며, 더 큰 꿈을 향해 나아갈 수 있게 도와주고 있다. 꿈은 우리 내면의 열정을 자극하여 새로운 꿈을 다시 낳는다.

퇴직 전 책을 세 권 출판하기로 이미 목표를 세웠다. 그렇다면 퇴직 후는 어떤 삶을 살아야 할까? 출판을 위하여 한 걸음 한 걸음 글쓰기를 시작하다 보니 어느새 꿈은 다른 꿈을 끌어당기고 있다.

하나씩 도전하여 성취를 이루다 보니 재미가 있다. 중독성이 있다. 드럼 배우기, 유튜브 운영, 여행, 봉사활동, 여행 관련 책 쓰기, 시집 출판, 그림책 출판, 북카페(작은 책방) 운영 등 정년퇴직 후에 하고 싶은 일이 계속 생겨 가지가 뻗어나가고 있다.

더구나 퇴직 후에는 나를 위한 시간이 24시간 준비되어 있다. 할 수 없는 일이 어디 있을까.

20년 전에 지인들에게 말했다.

"그랜저 운전할 거야."

"똑똑한 딸 만들려고요."

"딸은 자기 주도적으로 사는 사람이 되었으면 좋겠어요."

미니멀라이프 실행 이후 구체적으로 계획을 세우지 않았지만 다짐했다.

'내가 원하는 집에 살 거야.' 등 어느 순간 원했던 일들이 다 이루어졌다.

『The Secret』에 마음으로 원하는 것을 생각하고 그 생각이 마음에 가득하다면 그것이 당신의 인생에 나타날 것이다. 현재의 생각이 미래의 삶을 만든다.

일정	나이(만)	목표	추진 내용	해야 할 일	진도(%)
2028	63	해외여행	유람선 여행(1개월)	퇴직 전 여행에 필요한 돈 모으기 여행 일기 쓰기	
		봉사활동	모교에서 봉사활동	모교 초등학교, 중학교, 고등학교에서 강의하기 모교에서 진로 진학 상담하기, 글쓰기 프로그램 운영	
		크리에이터	유튜브 운영	일주일에 한 편 유튜브 올리기	
2029	64	여행, 책 출판	여행 콘텐츠 책 출판	초고, 퇴고하기	
		봉사활동	모교에서 봉사활동	모교에서 진로 진학 상담하기, 글쓰기 프로그램 운영하기	
		북카페 운영 계획하기	원하는 북카페 형태 구상하기	북카페 운영 필요 자금 알아보기 : 퇴직 전 준비 장소 물색하기 실내장식 구상하기 필요 물품 알아보기	공부방으로 변경 가능
2030	65	북카페 대표	북카페 오픈	카페 운영(여동생–양정) 북카페에서 글쓰기 지도/ 책 출판 지도	
		봉사활동	모교에서 봉사활동	모교에서 진로 진학 상담하기, 글쓰기 프로그램 운영하기	
2031	66	봉사활동	모교에서 봉사활동	모교에서 진로 진학 상담하기, 글쓰기 프로그램 운영하기	
		시인 등단	시 쓰기 출판	시 쓰기 초고, 퇴고하기	
2032	67	그림책 작가	그림책 출판	그림책 초고, 퇴고하기	

나는 백 살에 가장 눈부시고 싶다

가장 많이 생각하고 집중하는 대상이 삶에 나타날 것이라고 표현되어 있다. 그 말처럼 막연하게 생각했던 일까지 현실이 되었다.

"마음에 어떤 생각이 일어나든지, 그것은 바로 당신에게 끌려온다."라는 말을 믿고 도전하고 싶은 일이 떠오르면 바로 실행에 옮기려고 노력한다.

이 책의 제목을 왜 『나는 백 살에 가장 눈부시고 싶다』라고 붙였겠는가. 그동안 내가 원했던 대부분의 일이 거의 이루어졌기 때문이다. 이 생각은 나에게 끌려와 백 살이 되는 나의 미래를 눈부시게 만들기 위하여 최선을 다할 것이다. 백 살의 내가 기대된다.

『5년 후 나에게』라는 책, 아니 노트가 있다. 작년 8월 1일부터 아침에 일어나면 반드시 책 속의 질문에 답을 쓰고 일기를 쓴다. 답은 간단하게 네 줄만 쓰면 되는 것이어서 부담이 없다. 5년 후의 나의 삶이 궁금하여 쓰기 시작했다. 8월 1일 일 년이 지나 똑같은 질문이 돌아오면 올해의 답을 쓰면서 작년의 답과 비교하는 기쁨이 있다.

그런데 9월 11일 소름이 돋았다. 2022년 이날 질문은 '초등학교 2학년 학생에게 해주고 싶은 조언은?'이었다. 질문에 대한 대답을 피하고 나에 대한 조언이 아닌 확언이 적혀 있었다. 작년 나의 답은 '나의 아홉 살은 거의 하나도 기억나지 않는다. 시골에서 눈에 띄지 않는 모습으로 있었지만 50년 뒤의 나는 눈부시다.'라고 쓰여 있었다. 현재 내가 이전 나이로 59세다. 일 년 후 책을 출판하면서 어떻게 책 제목에 '눈부시다'라는 단어를 붙였을까. 더 이상 설명이 필요 없는 'Secret'이다.

정년퇴직 후에 하고 싶은 일을 재작년부터 생각하고 이것저것 시행하다 보니 할 일을 찾을 수 있었다. 처음으로 계획을 세워 보았다. 지금까지 살아오면서 결혼할 때, 아기를 가질 때도 계획을 세워 보지 않았던 나로서는 이 자그마한 일도 새로운 도전이다.

글쓰기를 하면서 모교에 돌아가 후배들을 위해 강의하겠다는 새로운 목표가 생겼다. 제주도에서 벗어나 넓은 땅으로 나가서 많이 경험하고, 꿈이 얼마나 중요한지, 비전을 발견하고 디자인하여 실행에 옮기라는 이야기를 전하고 싶다. 강의뿐만 아니라 진로 진학 상담을 해주고 싶다. 진로 탐색프로그램을 운영하는 봉사활동을 통하여 가르침, 사랑과 관심, 선한 영향력을 발휘하여 후배들도 역시 모교로 돌아와 봉사활동을 할 수 있는 기틀을 세우고 싶다.

꿈을 이루고 타인에게 봉사한다는 것은 어딘가 숨겨진 꿈의 보물을 찾기 위한 도전이다. 용기와 끈기가 필요하다. 이 모험은 자신을 성장시킨다. 주변에 나의 흔적을 남길 수도 있다.

지금처럼 계획을 세우고 성실하게 실천한다면 정년퇴직하기 전, 정년퇴직 후에 하고 싶은 일들이 전부 이루어질 것임을 확신한다. 이루고 싶은 일이 생기면 버킷리스트 목록에 바로 추가 작성하고 성취 기한을 설정하겠다.

혼자서 막연하게 무엇인가 일을 시작하려면 시간은 많이 걸린다. 시동 거는 일조차 누군가는 버거울 수도 있다. 그럴 때는 다른 사람의 힘을 빌리는 것도 좋다고 생각한다. 주위를 둘러보라. 뜻을 같이하는 동료 교사를 찾아도 되고, 필자에게 연락하면 얼마든지 도와줄 수 있다. 먼저 걸어간 사람의 응원을 받으며 같이 간다면 중간에 포기하지 않고 끝까지 걸어갈 수 있을 것이다.

노후 준비, 버리면 버릴수록 행복하다

살다 보면 생각지도 못했던 일이 갑자기 일어난다. 2017년 추석 연휴가 며칠 남지 않을 때였다. 집에서 뒹굴뒹굴 굴러다니고 있었다. 지금 생각해도 왜 그런지 알 수 없다. 천운이 나를 향해 돌진하였다고 생각한다.

갑자기 집에 있는 책들을 정리해야겠다는 생각이 들었다. 어렸을 때부터 책 읽는 것을 좋아해서 1988년 발령받아 월급을 받으면 반드시 책을 사서 모으기 시작했다. 수필, 소설, 각양각색의 사전류, 자기계발서를 비롯하여 노후에 읽을 세계명작전집까지. 어느새 거실의 벽 한 면, 딸의 방

벽 한 면, 다른 방의 벽, 주방 벽도 책꽂이를 만들어 책들로 꽉꽉 채우고 있었다.

딸이 태어나고 아이의 책으로 뒤덮이기 시작하였다. 발 디딜 틈이 없었다. 책마다 먼지가 내려앉았다. 눈에 보이지 않았다. 가끔 걸레로 책장 속의 책을 닦으면 까맣게 묻어나오는 먼지들. 그 먼지들과 30년을 같이 살았다. 오래된 책부터 묶어서 버리기 시작했다. 보관을 너무 오래하여 누렇게 된 대학교 졸업 논문이 실린『백록어문』과 각종 사전류를 시작으로 비움의 길로 들어섰다.

재활용품 분리수거를 하는 목요일마다 책을 묶어 비우기, 홈플러스에 있는 알라딘 매장에 수백 권 중고 서적 팔기, 책을 좋아하는 지인에게 묶어서 보내기, 어린이가 볼만한 책들은 초등학생 자녀들을 키우고 있는 집으로 보냈다.

다음 정리 대상은 옷이었다. 옷을 지나치게 좋아하여 안방에 있는 12자 장롱에는 더 이상 옷을 넣을 수가 없었다. 회전하는 옷걸이 2단도 넘칠 만큼 많은 옷을 사들였다. 옷걸이가 잘 돌아가지 않았다. 계절이 바뀌면 그 옷걸이를 돌려 찾은 옷을 한두 번 입었다. 입을 옷이 없다고 투덜거렸다. 옷 무덤 속에서 산 시간이 무려 16년이다. 검정 색깔, 비슷한 디자인의 옷, 디자인이 같은 다른 색깔의 옷들이 안방에서 같이 늙었다.

몸에 맞지 않는 옷, 오래되어 유행이 뒤떨어진 옷, 입으면 자존감이 떨어지는 옷, 특히 나이에 어울리지 않는 옷 등을 정리하여, 오래되어 유행이 뒤떨어진 옷, 입으면 자존감이 떨어지는 옷은 아파트 의류 재활용함에 넣었다. 몸에 맞지 않는 옷과 나이에 어울리지 않는 옷, 사 놓고 입지 않은 새 옷은 친한 언니에게 보냈다. 그 언니는 옷을 거의 사지 않았기 때문에 기꺼이 내가 입던 옷을 받아 고맙다며 잘 입었다.

주방 도구들은 별로 많지 않았다. 사용하지 않는 그릇만 지인에게 보냈다.

제사상 2개, 공기청정기, 이불류, 화분, 갤러리 공간을 만들겠다고 사모은 조각품들, 액자 등 필요 없는 물건들이 대부분이었다. 공간만 차지하여 집 안을 좁게 만들었다.

가족들의 많은 사진은 같은 장소에서 찍었다면 가장 잘 나온 사진 한 장만 남기고 비움을 했다. 앨범 몇 권, 생일날과 스승의 날 제자들에게 받았던 플래카드, 크리스마스카드, 1988년부터 받았던 편지들, 끄적거렸던 일기장과 노트, 딸을 키우면서 기록하였던 여러 권의 수첩, 노트들도 태아 일기만 빼고 과감하게 비웠다.

소중하게 간직해두었던 LP 음반들, 많은 CD도 과감하게 정리했다. 팔수가 없어 음악을 좋아하는 언니네 집으로 보냈다.

마침 5년 넘게 살고 있던 전셋집에 갑자기 주인이 들어와 살겠다고 연락이 왔다. 집 안 정리에 가속도가 붙었다.

24평 집을 일부러 골랐다. 이사 가면서 식탁, 소파, 침대, 방과 거실에 붙박이처럼 설치했던 수많은 책꽂이 등을 비웠다. 12자 장롱에서 9자 장롱만 챙겼다. 24평 집으로 이사한 후에도 2차로 비움은 계속되었다.

2018년 1월 '미니멀라이프' 카페에 가입했다. 매일 출석하여 비움을 하고 인증 사진을 올리는 사람들을 보면서 계속 따라 했다. 거실에 물건이 쌓여 있다가 물건을 전부 비움으로써 낮에 햇빛이 거실 끝까지 따라왔다. 카페에서 수많은 사람이 비움을 통해 보여 준, 여백의 미가 있는 공간을 드디어 나도 볼 수 있었다.

『버리면 버릴수록 행복해졌다』, 『마음을 다해 대충하는 미니멀라이프』, 『아무것도 없는 방에 살고 싶다』 등 미니멀라이프 관련 책을 샀다. 여러 번 읽고 또 읽었다. 읽으면서 비움에 대한 속도는 점점 빨라졌다.

유튜브에서도 미니멀라이프로 검색을 한 후 사람들이 어떻게 미니멀라이프를 시작하여 유지하고 있는지를 눈으로 확인하였다. 알면 알수록 빠져들었다. 그러는 한편 주위 사람들에게 퍼뜨리고 다녔다. 어느새 미니멀라이프 전도사가 되어가고 있었다.

책들은 학교 진로교과실로 몇십 권을 옮겨 가끔 필요하면 꺼내 다시 읽었다. 결국 2019년 10월에 마지막 남은 책꽂이를 분리수거장으로 보내면서 완전히 마무리되었다. 이제 집에는 책꽂이가 없다.

옷도 거의 정리가 되기 시작하였다. 지인에게도 어울리지 않는 옷은 다른 물품(도서, 그릇, 장식품, 신발류, 가방류 등)과 함께 2018년 6월부터 시작하여 2020년 7월까지 10회에 걸쳐 옥션의 아름다운 가게로 보내 287,396 기부 영수증을 받고 연말 정산 때 세금 공제를 받았다.

그때는 비우기 전 사진을 찍는 것을 미처 생각하지 못하였다. 기록하면서 현장 사진과 함께 일기 등 생각과 느낌을 기록했더라면 얼마나 좋았을까!

집에는 관심이 없었다. 공간을 사랑하지 않았다. 직장에서 돌아오면 그냥 집일 뿐 그 이상도 그 이하도 아니었다. 이 비움의 시작이 내 인생을 완전히 바꾸는 계기가 될 줄은 그때는 꿈에도 생각하지 못하였다. 비우기 전에는 넓은 집에서 물건들에 겹겹이 쌓여 있는 먼지와 함께 숨을 쉬었다. 딸은 걸핏하면 숨넘어갈 듯이 기침하였다. 지금은 기침을 거의 하지 않는다. 방바닥에 걸리적거렸던 물건들이 치워지니 청소하는 시간이 짧아졌다. 좋아하는 물건들만 남아 공간을 둘러보면 기분이 좋다.

주변 환경은 무의식에 끊임없이 영향을 준다. 감정과 환경은 연결되었다. 감정은 그때그때 무의식적으로 환경에 반영된다. 따라서 환경을 정리하면 감정도 정리된다. 자신을 바꿀 수 있는 가장 빠른 길은 환경을 바꾸는 것이다. 환경을 바꾸면 생각과 감정도 쉽게 바꿀 수 있다. 비우기만 해도 마음이 편안해졌다. 나에게 집중할 수 있는 시간이 준비되었다.

3장

이제 나는 남을 위해
　　　화장하지 않는다

다시 한번 솔개처럼 도전하다

　도전하는 삶은 아름답다. 편안하게 살면서 도전하지 않으면 잠재력은 꺼낼 수 없고, 성장은 멈춘다. 도전은 어렵지만 숨어 있던 인내와 용기, 창의성과 희망, 능력을 끌어내어 새로운 세계로 이끈다.

　좋아하는 단어들을 떠올렸다. 공감, 문제 해결 능력, 기업가정신, 체인지메이커, 자유로운 영혼, 성실, 인내, 노력, 여행, 길을 발견하는 사람, 겐샤이(누군가를 대할 때 그가 스스로를 작고 하찮은 존재로 느끼도록 대해서는 안 된다는 뜻), 그림, 바다, 꽃, 산, 책, 음악, 조명, 공간, 운, 산책, 다낭, 바나힐, 풀, 안개, 도전, 등. 이 단어 중에서 하나만 다시 선택한다면 '도전'이다.

2011년 1월 겨울방학 때부터 진로 교사 1기 연수가 시작되었다. 고려대학교에서 기나긴 연수 시간에 어느 강사가 보여 주었던 '솔개의 선택' 동영상은 언제 다시 보아도 가슴을 뛰게 만든다.

'솔개의 선택' 동영상은 우화를 바탕으로 만들어졌다. 솔개는 새 중에서 70~80년을 살아갈 정도로 수명이 매우 길다고 한다. 긴 시간을 살아가기 위하여 솔개는 반드시 힘겨운 과정을 거쳐야만 한다. 40년 정도 살게 되면 솔개는 부리는 구부러지고, 발톱은 닳아서 무뎌지고, 날개는 무거워져 날지 못하게 된다. 이때 솔개는 중요한 선택을 해야 한다. 그렇게 지내다 서서히 죽느냐, 고통스러운 과정을 통하여 새로운 삶을 살 것이냐. 변화와 도전을 선택한 솔개는 바위산으로 날아가 둥지를 튼다. 솔개는 먼저 자기 부리를 다 닳아 없어질 때까지 바위에 마구 쪼아댄다. 다 닳아진 부리 자리에서는 튼튼하고 매끈한 새 부리가 자란다. 새로 나온 부리로 새로운 발톱이 나올 수 있도록 발톱을 하나씩 뽑는다. 마지막으로 새 깃털이 나올 수 있도록 무거워진 깃털을 하나하나 뽑아버린다. 생사를 건 130여 일이 지나면 솔개는 새로운 40년의 삶을 살 수 있게 된다.

이 동영상을 처음 보았을 때 느낌을 잊을 수가 없다. 눈으로는 솔개의 도전을 읽으며, 귀로는 Vangelis의 〈Conquest of Paradise〉의 웅장한 음악 소리를 들었다. 시각과 청각이 힘을 합치고, 촉각까지 나를 거들었다. 마음 깊은 곳에서 소름이 온몸을 한 바퀴 돌고 내려앉았다.

수업 시간에 학생들에게 가끔 들려주었다. 생각 외로 반응이 시큰둥하였다. 내가 잘못된 것일까? 좋아하고, 느끼는 감정은 각각 다르다. 세대 차이가 날 수도 있다. 이후로는 변화에 대한 도전을 자극받고 싶을 때 유튜브에서 검색하고 혼자서 들었다. 들을 때마다 삶의 에너지가 충전되곤 했다. 이 세상에 살아간다는 것이 행복했다. 명예퇴직할까 말까 살짝 망설일 때마다 이 동영상을 다시 보았다. 갈등이 일었던 마음이 잔잔해졌다. 배를 타고 먼 바다로 달려 나가고 싶은 마음이 생긴다. 이 동영상을 보면서 도전과 변화를 온몸으로 받아들여 삶을 바꾸었다. 나의 글도 독자가 읽고 한번 시도하고 싶어 가슴이 뛸 수 있을까!

진로 교사 연수는 그해 겨울방학 내내, 3월 개학 후 1학기 여름 방학까지 이어졌다. 600시간의 연수를 마치고 경기도교육청에서 2정 진로진학상담교사 자격증을 받았다.

진로 교사 연수는 경기도교육청에서 계획된 교육과정대로 고려대학교에서 진행하고 교육청에서는 공문으로 계속하여 안내해 주었다. 편했다. 시키는 대로만 하면 되었다. 시키는 대로 따라서 연수받았더니 국가는 나의 진로를 변경시켜 주었다. 돈을 한 푼도 받지 않았다. 감사하게 받아들였다. 진로 교사로 만들어 준 국가를 위하여 학교에서 한눈팔지 않고 최선을 다해 일한다.

지금은 경기도 진로 교사가 되려면 경기도 내 공립 중·고등학교 교사로서, 중등학교 정교사 1급 교원자격증을 소지하고, 진로진학상담 교원자격증 소지자(자격증 소지자 또는 취득예정자의 자격 취득기관은 13개교 가톨릭관동대, 가톨릭대, 건국대, 계명대, 공주대, 국민대, 순천향대, 아주대, 인하대, 전북대, 중앙대, 충남대, 한국교원대에 한함) 조건을 모두 충족해야 한다. 대학원마다 조금은 다르지만 졸업하려면 이천만 원 정도 되는 돈과 2년이라는 시간을 공들여서 공부해야만 되는 시스템으로 바뀌었다.

8개월 동안의 연수를 통해 진로 교사로 바꾸었는데 정년퇴직까지 4년 남았다. 무엇이든지 해 볼 수 있는 긴 시간이다. 황금 시간이다. 이 시간을 놓치지 않고 미리 준비하면 솔개처럼 60 너머 인생을 후회 없이 살 수 있다.

삶의 2라운드에는 정해진 방향이 없다. 스스로 정해야만 한다. 마무리 인생 준비를 혼자서 진행해야만 한다. 아무도 나에게 관심이 없다. 옆에서 이끌어 주는 사람이 없다. 나 자신과의 싸움이다. 해도 그만이고, 안 해도 그만이다. 선택이다. 이수 시간도 필요 없다. 한 번도 가지 않았던 길을 가려 한다. 헤맬 수 있다. 아무려면 어떤가. 마음의 여유를 가졌다. 시도하는 것이 중요하다.

솔개는 40년을 살아가기 위하여 부리, 발톱, 깃털을 전부 새로운 것으로 만들었다.

'내가 사랑하는 나'를 만들기 위하여 몸과 마음, 머리까지 새로 태어나려면 나는 무엇부터 도전해야 할까? 강신주는 『한 공기의 사랑, 아낌의 인문학』에서 "사랑하는 사람을 위한 한 공기의 밥이 되도록 온몸을 다시 만드는 일, 그것은 감성과 지성, 혹은 심장과 머리를 통째로 바꾸는 일"이라고 말했다.

올해 마지막이라 생각하며 근무지를 다시 고등학교로 옮겼다. 이것도 도전이다. 퇴직할 때까지 작가가 되는 꿈을 펼칠 무대다. 집이 가깝다. 걸어서 15분 거리에 있다. 새로운 학생들과 선생님들을 만나 초심으로 돌아가 처음부터 다시 시작한다고 생각하니 가슴이 뛰었다.

도전은 습관이다

인생은 영원한 도전의 연속이다. 도전을 계속하면 습관이 된다. 우리는 한 번의 성공으로 만족할 수 없다. 성취와 성장을 위해 끊임없이 도전해야 하는 운명을 가지고 태어났다. 도전은 우리가 안주하지 않고 더 나은 자신을 만들기 위해 나아가는 큰 힘이 된다.

초등학교 3학년 때였다. 농촌에 있는 초등학교에서 60명 정도의 학생이 한 교실에서 공부하던 시절이었다. 내향적인 나는 부끄러움을 많이 탔다. 얼굴을 드러낸 적이 없다. 교실에서 이름만 존재했다.

종업식날 양하륜 담임 선생님께서 학생들에게 상을 수여하였다. 선생님이 준 상장을 받았다. 우등상이었다. 오성식, 양성인까지 세 명이 받았다. 남학생 두 명은 공부를 꽤 했다. 반면에 나는 공부에 관심이 전혀 없었다. 농사를 짓느라 부모님은 자녀 교육에 신경을 거의 못 썼다. 선생님께서 주신 상이니 아무 생각 없이 받았다. 나중에 아버지를 통해 담임 선생님이 먼 친척이었다고 들었다.

4학년이 되었다. 버스를 타야 갈 수 있는 옆 마을 학교에 근무하고 있었던 김은치 선생님이 우리 학교로 부임하셨다. 담임 선생님이 되었다. 선생님께서는 오시자마자 우등상을 받았던 나를 지목했다. 그리고 큰 소리로 친구들 앞에서 "네가 어떻게 해서 우등상을 받았냐?"라며 화난 목소리로 말했다. 선생님의 입에서 나온, 생각지도 못한 말을 듣고 한동안 고개 숙이고 아무 말 없이 있었다. 숨을 어떻게 쉬었는지 기억이 나지 않는다. 아마 기억에서 꺼내기 싫은 일이라 뇌가 알아서 지워버린 것이 틀림없다.

태어나서 처음으로 공부하기 시작했다. 교과서 한 번 들여다보지 않았던 내가 이제 교과서를 읽고, 숙제하기 시작했다. 공부를 잘해야겠다는 생각이 처음으로 가슴속에 자리 잡기 시작했다. 머리에 지식이 하나둘씩 쌓이기 시작하였다. 학교에서 배움이 즐거웠다.

　독서도 시작하였다. 집에는 교과서 말고 책이 없었다. 친구 선희네 집에 위인전이 세트로 몇십 권이 있었다. 선희네 집은 마을에서 최고 부자라고 소문이 났다. 우리 집에서 3분 거리에 있는 사거리 모퉁이에서 가게를 하고 있었다. 노란 머리로 얼굴이 예뻤던 선희는 마음씨도 고왔다. 위인전을 읽고 싶어 빌려달라고 하면 언제든지 빌려주었다. 선희네 집에 가서 친구가 없는 날에는 방에 들어가서 위인전을 들고 나와 가게 밖 문 앞에서 펑퍼짐하게 앉아 선희가 오기를 기다리며 책이 닳도록 읽곤 하였다.

　책 주인보다 더 여러 번 위인전을 읽다 보니 국사 공부가 저절로 되었다. 위인전에는 역사 속 인물들이 모두 살아 움직였다. 사육신이었던 성삼문을 읽을 때는 슬퍼서 잠도 오지 않았다. 위인들과 말 없는 대화를 통하여 국가와 민족을 위하여 살아야 한다는 생각을 그때부터 어렴풋이 품었던 것이 아니었을까! 역사는 이후에도 가장 좋아하는 과목이 되었다.

　4학년 종업식날 담임 선생님께서는 웃으면서 우등상을 주셨다. 그날 이후로 운명이 바뀌었다. 5학년 때도 김은치 선생님이 담임 선생님이 되어 주셨다. 날개가 생겼다. 중학교 들어갈 때까지 나의 무대였다. 웅변

대회, 글쓰기대회 등 시골 학교에서 받을 수 있는 상이란 상은 거의 받았다. 잘해서라기보다는 다른 학생들은 도전을 하지 않아 참가하기만 해도 상이 나에게 주어졌다. 전교 부회장 타이틀도 달았다. 선생님의 인정을 받는다는 것이 얼마나 좋았는지 부모님의 칭찬이 없어도 행복했다. 그때부터 성취감을 느껴 더욱더 열심히 공부했다.

중학교 다닐 때였다. 버스를 타고 다녔던 읍내 중학교는 네 개의 초등학교 학생들이 모였다. 300여 명쯤 되었다. 1학년 때는 잘생긴 김영진 수학 선생님 눈에 띄려고 공부하였다. 2학년 때 가장 존경하는 오해철 선생님께서 담임이 되었다. 2년 동안 지나칠 정도로 사랑을 많이 주셔서 아직도 감사한다. 고성실 수학 선생님께도 잘 보이고 싶어 수학 공부도 열심히 하여 선생님의 사랑을 받았다. 공부하는 나를 보고 친정엄마가 나에게 했던 말이 지금도 생각난다. "한락산 다 들러먹을꺼냐?"(한라산까지 전부 가질 것이냐?)그만큼 선생님들의 사랑을 가장 많이 받았던 시절이었다.

대학교 3~4학년 겨울방학 때 아르바이트했다. 아버지께서는 방학 때는 용돈을 주지 않으셨다. 작은아버지께서 마을에서 선과장을 하고 있었다. 작은아버지는 마을 사람들에게 창고에 보관한 귤을 천 관 이상 많이 사 놓고, 서울 거래처에서 물건(귤)을 작업해서 올려보내라고 하면 그 창고에서 귤을 트럭에 옮겨 싣고 집 옆에 붙어 있는 선과장으로 날랐다. 밭에 있는 창고에는 나무상자에 귤이 보관되어 있었다. 선과장에 도착한 나무 상자 안의 귤을 노란 컨테이너에 쏟아부었다. 부으면서 썩은 귤은 재빨리 꺼내야 한다. 컨테이너 무게는 20kg이었다. 바로 밑의 여동생과 함께 일했다. 그 무거운 컨테이너를 들고 온종일 여러 번 날랐다. 선과장에 귤을 쏟아붓고 그다음에 기계를 돌리면 기계가 움직이면서 귤이 움직이고 비슷한 크기의 귤이 동그란 구멍 속으로 빠져나간다. 1번부터 10번까지 크기가 다른 10개로 구별되어 기계 아래는 컨테이너가 10개 놓여 있었다.

컨테이너에 귤이 다 차면 재빨리 빼서 빈 컨테이너를 그 자리에 두어야 한다. 어깨와 팔을 움직이는 동작을 종일 했다. 그 영향으로 팔 힘이 무척 세다. 하지만 후유증 때문인지 무거운 것을 들면 많이 아프다.

겨울방학 동안 15일 정도 일하면 수입이 괜찮았다. 몇만 원이 되어 부모님께 용돈을 안 받아도 행복하게 그 돈을 쓸 수 있어 기뻤다. 다만 아쉬운 점은 돈을 받았을 때 부모님이 돈을 쓰는 방법에 대하여 교육을 조금만 해주셨어도 나의 삶은 바뀌었을 것인데. 아무 말씀도 하지 않으셔서 그냥 소비만 했다.

양수찬(아버지)의 가르침은 딱 하나였다. 무슨 일이든지 배우면 나중에 전부 삶에 도움이 된다. 일요일마다 아버지는 우리(자식)를 이끌고 밭에 데리고 나갔다. 고등학교 다닐 때는 땅 밟기가 가장 싫어 제주도를 떠났다고 앞에서도 언급했다. 사람의 일은 알 수가 없다. 시간이 흐르고 지금 생각이 바뀌었다. 땅과 친하게 지냈기 때문에 정년퇴직 후에 그 땅에 돌아가서 일해도 몸이 거부하지 않을 것을 안다. 전화위복이다. 과거는 현재, 미래와 반드시 연결된다.

1988년 경기도에서 교사 생활을 시작한 이래 별다른 굴곡 없이 살아온 나였다. 삶의 역사를 쓰다 보니 초등학교 때부터 친구들과 다르게 분명한 목표를 세워 그것을 이루기 위하여 그 힘든 과정을 참고 노력을 많이 했구나. 멋진 내가 숨어 있었다. 공부하는 것을 좋아하고, 일하는 것을 두려워하지 않고, 원하는 것을 이루기 위하여 성실하게 살았던 나를 찾아냈다.

해 보고 싶은 일은 바로 시작한다. 똥인지 된장인지 먹어보아야 아느냐고 외치는 딸의 말을 들었다. 일을 시도할 때 똥인지 된장인지 아예 생각하지 않는다. 일을 시작하면서 동시에 관련된 공부를 시작한다. 결과가 나오면 다음 일을 할 때 바로 반영한다. 필요 없는 부분은 빼고 잘된

부분은 더 잘할 수 있도록 다시 세팅한다.

국어 교사로 20년 넘기고 과감하게 진로 교사로 진로를 변경할 수 있었던 것도 과거의 내가 살아온 경험이 쌓여 두려운 마음이 없기 때문이었다.

도전은 이미 성공해도 끝이 없다는 것을 상기시킨다. 달성한 목표나 성과는 새로운 도전의 시작점이기 때문이다. 우리는 자기 계발과 성장을 위해 끊임없이 도전하며, 지속적인 발전을 이루어 나가야 한다.

정년퇴직을 4년 앞둔 마지막 길에서 하나도 두렵지 않다. 나의 길을 개척할 수 있는 자신감이 있기 때문이다. 퇴직 후에 할 일(작사, 작가)을 만들고 있기에 반짝반짝 빛이 난다.

실패한 도전이 더 아름답다

　○○고등학교에 부임한 지 5년째 되던 해였다. 4년 동안 한 해도 거르지 않고 많은 학생을 대상으로 문학 수업을 진행하였다. 특히 2004년에는 고3 학년을 대상으로 문학 교과 수업을 하면서 입시 결과를 눈으로 확인하였다. 문학 교사로서 많은 책임과 역할에 대해서 심각하게 생각하였다.

　학생들은 어릴 때부터 독서를 많이 하지 않아 단순한 어휘, 지식, 내용 이해력, 논리적 사고력, 추리적 상상력까지 부족하였다. 그 결과는 3학년이 되어 치르게 되는 수능 입시에서 고스란히 드러났다. 언어 영역에서 고전을 면치 못했다. 특히 문학 작품 중에서 낯선 현대 시 부분을 가장 어려워했다. 가까이서 학생들을 어쩔 도리 없이 바라볼 수밖에 없었다.

방법이 문제였다. 인문계 고등학교에서 입시 문제가 눈앞에 닥친 상태에서 학생 활동이 중심이 되는 수업을 진행하는 것은 현실적으로 매우 어려웠다.

2학년 담임을 맡았다. 교실수업개선실천사례연구대회에 참가하였다. 실천 주제를 '학습자 중심의 다양한 활동을 통한 시문학 감상 능력 신장 방안'으로 정하였다. 연구 기간은 2005년 3월부터 12월까지였다. 연구 대상은 2학년 남녀학생 2개 반 68명이었다. 학생 활동 중심 수업 진행 준비를 하고, 겨울방학 동안 내내 고민하면서 논문들과 많은 자료, 문학 감상 관련 책들을 읽었다.

문학 영역 중에서 특히 시는 학생들이 가장 재미없고 어렵다고 생각한다. 입시 준비를 하느라 시간에 쫓기고, 생각하기를 싫어하는 아이들은 입을 벌리면 교사가 모든 것을 넣어 주기를 바란다. '이런 아이들에게 어떻게 하면 시에 관심을 가지게 할 수 있을까! 관심만 가지게 할 수만 있다면 행복하겠다.'라는 생각이 들었다.

1년간 연구에 들어갔다. 많은 시를 접하게 하여 시를 좋아하는 아이로 만들기 위하여, 시 읽기를 생활화하였다. 수업 시간 외에 집에서도 시를 읽을 수 있도록 계속해서 많은 과제를 부여했다. 시 낭송하기와 일주일에 한 번 이메일로 시를 보내어 학생들이 시에 관한 관심을 가지게 하고 싶었다.

무작정 시 읽기만 시키는 것은 무리라 생각해서 시를 읽을 때 도움이 되도록 여러 시인이 쓴, 시 비평집 『0교시 문학 시간』, 『시의 길을 여는 새벽 별 하나』, 『시의 숲에서 세상을 읽다』를 읽게 하여 커뮤니티에 감상문을 쓰게 하였다.

문학 수업 시간에 학생들은 시화를 그려 사진으로 찍은 다음 프로젝션 TV에 띄워 그림의 내용을 설명하였다. 곁들여 엽서를 이용하여 시화로 만들었다. 학생들은 확실히 예나 지금이나 시를 쓰는 것보다 그림으로 그리는 것을 더 좋아한다.

시에서 내용을 이해하여 자기의 삶과 연결하는 데 가장 중점을 두었다. 감상문을 쓰는 대신 나라면 이 상황에서 어떻게 해결할까. 나라면 이 상황을 어떻게 받아들일까를 고민한 것이다.

전국국어교사모임 자료실에 있는 자료를 이용한 활동도 하였다. '마음으로 호흡하는 시집 읽기'란 제목 아래 읽을 시집 목록을 프린트물로 만들어 나누어 주었다. 서점에서 자신이 선정한 시집을 산 후 첫인상을 첫 장에 쓰고, 시를 읽으면서 느낌이나 의문, 떠오르는 생각 등을 빈 여백에 메모, 다 읽으면 제일 뒷장에 전체적인 읽은 소감 쓰기, A4 용지에 수행 평가를 하고 알게 된 점, 느낀 점을 써서 제출하게 하였다. 반장인 미라는 엄마와 함께 서점에 가서 시집을 골라 샀다. 여름 방학 과제물로 내준 〈손바닥 시집 만들기〉 할 때 엄마와 함께 시집을 만들었다. 서점에서 파는 시집처럼 분홍색 표지로 예쁘게 만들었다. 엄마와 딸이 서점에서 시집을 같이 고른다. 그 시집을 같이 읽는다. 좋아하는 시를 모아 시집을 만든다고 상상하기만 해도 행복했다. 내가 딸과 함께 만들고 싶은 풍경을 미라는 엄마와 같이 만들었다. 지금도 어디선가 행복하게 웃고 있을 모녀가 보고 싶다.

여름 방학 또 하나의 과제물 '시인의 문학비 및 문학관 탐방'보고서 쓰기를 요구했다. 학생들은 특히 천상병 시인의 미망인(목순옥, 2010년 작고)이 운영하는 찻집 귀천에 많이 갔다 왔다. 더운 날이었는데 불구하고 아름다운 시간이었다고 보고서에 쓰였다. 글을 쓰면서 혹시나 귀천은 어떻게 되었는지 궁금해서 네이버를 검색했다. 방문 후기가 블로그에 포스팅이 되어 있었다. 현재는 목순옥 조카가 운영하고 있다.

힘들긴 했지만 1년 동안 문학 시간을 성실하게 보람 있게 잘 보냈다. 교사로서 그렇게 시를 위해서 많은 활동을 한 적이 없었다. 아이들도 역시 마찬가지였다. 그해 68명은 한 배를 탔고, 처음의 목적지에 잘 도착하였다.

무엇보다 다양한 시 감상 활동을 통하여 아이들의 관심사와 특기를 발견하였다. 글쓰기(시, 동화 등)를 잘하는 서희, 그림을 잘 그리는 경화 등 아이들은 가진 끼를 시 속에서 마음껏 뿜어내고 있었다.

태어나서 그해처럼 많은 시를 접해 본 기억이 없었다. 교사가 열심히 수업 준비를 하고, 수업자료를 마련하고, 더 나은 수업 방법 찾기를 게을리 하지 않는다면 교실 수업 개선은 얼마든지 이루어질 수 있다는 것을 온몸으로 터득했다. 1년을 보내면서 시의 매력에 흠뻑 빠지게 되었다.

어깨에 힘을 주고 제출한 보고서는 1차 예선에서 보기 좋게 떨어졌다. 1년 동안 내가 사랑한 문학 수업이 다른 사람들에게 인정받지 못했다는 것을 처음에는 받아들이기 어려웠다. 묵직한 바인딩 노트에 담겨 있는 결과물을 시간이 날 때마다 한 장씩 들여다보았다. 이름에 얼굴이 겹쳐 떠올랐다 사라지곤 하였다. 시간이 흐르면서 결과보다 과정이 더 중요한 것이라고 스스로 위로하며 마음을 다잡았다.

실패를 넘어 2016년에 ○○고등학교에서 고등학교 2학년 여학생들을 대상으로 인성교육을 실천하여 중등 인성교육 실천 사례 연구대회에 제출한 보고서로 2등급을 받았다. 2018년에는 고등학교 2학년 남학생들을 대상으로 진로 교육을 실천하여 연구대회에서 2등급을 받았다. 두 연구 보고서는 2005년에 실행에 옮겼던 그 연구의 씨앗이 자라서 꽃을 피운 것이다.

목표를 세워 성실하게 일하고 성취감을 이룰 수 있는 일을 통해 진정으로 의미 있는 삶을 살 수 있다. 진심으로 관심을 가지고 열정적으로 추구하는 일에 종사함으로써, 소중히 여기는 가치와 목표를 실현할 수 있기 때문이다. 성실함과 성취감은 행복과 만족을 선사하며, 삶을 완전히 채워주는 요소가 된다.

시도하지 않으면 아무것도 남는 것이 없다. 매일 노력이 쌓여 내일의 눈부신 내가 된다.

몸 가꾸기도 도전이다

정년퇴직 후 어떤 삶을 살아야 할지 고민했다. 가장 먼저 내가 좋아하는 것이 무엇인지 찾았다. 좋아하는 것을 찾는 것은 내면 가장 깊은 곳에서 숨어 있는 자아를 내 온몸에게 알려주는 일이었다. 하지만 좋아하는 것이 잘 떠오르지 않았다.

ChatGPT에게 좋아하는 것을 찾는 방법을 물어보았다. 자기 탐구, 새로운 경험 추구, 토론과 대화를 통해 다른 사람들과 자신의 관점을 공유해보기, 동호회나 그룹에 가입해보기, 자기 스스로에 대해 관찰해보기,

과거의 즐거움을 회상해보기, 우연한 기회를 놓치지 말기, 일상생활에서 충분한 시간을 할애하여 다양한 활동을 시도하고, 그중에서 자신에게 맞는 것을 찾아보기, 인터넷과 소셜 미디어를 활용하여 새로운 관심사를 발견하기, 자신을 믿고 여유롭게 다양한 경험을 쌓아가면서 호기심을 가지고 새로운 것을 탐구하며 자신이 좋아하는 일을 찾으라고 친절하게 가르쳐 주었다. 너무 많아서 물리적 활동 중 가장 만족도가 높은 것을 찾아보았다.

사계절 손톱을 디자인한다. 여름이면 페디큐어도 좋아한다. 10년 전에 상가 화장실에 갔다. 화장실 문에 손톱을 찧었다. 그 바람에 왼쪽 중지 손톱이 찢겼다. 가운데 윗부분이 완전히 사라졌다. 어떻게 할까 고민하다가 떠오른 것이 네일 숍이었다. 혹시나 해서 들렀다. 네일 숍에서 실크 랩핑을 이용해 다른 손톱과 똑같이 만들어 주었다. 다른 손톱도 예쁘게 다듬기 시작하였다.

집 부근 마사지 가게에 들렀다. 간호사 출신의 40대 중반 사장님이셨다. 1년 열두 달 항상 예쁘게 화장하고, 긴 머리를 고데기로 세팅하였다 허리가 잘록하게 들어갔다. 짙은 분홍, 하얀색, 파란색, 검은색 등 원색 원피스를 주로 입었다. 치마 길이는 무릎까지 내려왔다. 가끔 남자 손님이 마사지를 핑계로 미모의 사장님 얼굴을 보느라고 들렀다.

매니큐어를 발랐다. 그때만 해도 젤 네일이 등장하기 전이었다. 사장님도 가게를 개업한 지 얼마 안 되었다. 연습할 대상이 필요했다. 손톱 모델을 해주었다. 손톱 바디가 길어 젤을 바르면 예쁘게 보인다고 말했다. 한 달에 5만 원을 냈다. 내가 원하는 색깔을 마음껏 선택할 수 있었다. 손톱과 발톱 위에 꽃, 과일 등 마음껏 원하는 모양, 큐빅을 붙여 아트를 만들었다.

여름이 시작되는 5월이 되면 페디큐어를 발랐다. 맨발로 샌들을 신으면 발톱이 보이니 필수 코스다. 사장님은 매니큐어와 페디큐어를 하지 않으면 옷을 벗고 다니는 것 같아 부끄럽다고 하셨다. 어느 순간부터 나도 손톱에 매니큐어를 바르지 않으면 손을 사람들에게 내밀기가 쑥스러웠다.

중학교 1학년 때부터 얼굴에 여드름이 나기 시작하여 서른 살 임신할 때까지 계속되었다. 여드름이 사라졌다. 피지가 코, 이마에서 끊임없이 많이 나왔다. 특히 여름이면 얼굴에 기름이 흘렀다. 기름종이를 얼굴에 대면 바로 기름이 스며들었다. 화장하면 땀과 함께 흘러내렸다. 여드름이 생겼다 사라진 얼굴에는 땀구멍이 커졌다. 누가 보아도 한눈에 알아차릴 정도였다. 눈썹도 잘 그리지 못한다. 그렇다고 눈썹 그리는 연습을 하지 않았다. 화장법도 잘 모른다. 화장법도 배우지 않았다. 마사지를 받은 적이 없다. 피부과에도 한 번 가지 않았다.

매니큐어를 바르던 그 가게에서 얼굴 마사지도 받기 시작했다. 한 시간 정도였다. 가게를 예쁘게 꾸며놓아서 침대 위에 있으면 여왕이 된 것 같았다. 얼굴을 맡겼다. 얼굴을 손으로 열심히 핸들링해 주었다. 마지막에 팩을 올리면 나도 모르게 잠이 들었다. 30분 정도 한숨 자고 일어났다. 개운했다.

5년 전부터 경락 마사지를 알게 되었다. 나이가 들면서 자세가 안 좋아서 그런지 자꾸 팔, 어깨, 목 등이 아프기 시작하였다. 아픈 부위를 만지면 모두 딱딱하게 굳어 있다. 딱딱하게 굳은 부분을 만지며 풀어주어야 한다면서 손으로 마사지해준다.

엎드려서 1시간 정도 팔, 어깨, 등과 목을 마사지 받는다. 끝나면 반듯하게 누워 얼굴 마사지를 받는다. 한 시간 정도 얼굴을 만지고 팩을 올려준다. 석고 팩, 과일 팩, 모델링 마스크 팩, 수분 팩 등 종류도 많다. 석고 팩을 많이 올려주셨다. 여드름이 나면서 넓어진 모공을 작게 만들어 주려고 노력하였다.

머리는 한 달에 한 번씩 미용실에서 염색한다. 50세가 넘으면서 흰 머리가 나오기 시작하였다. 그 머리 때문에 한여름에는 신경이 쓰여서 더워도 머리를 묶을 수가 없다. 더 자주 염색한다.

집에서 혼자 염색하지 않는다. 똥손이다. 눈이 나빠서 잘 보이지도 않는다. 앞머리는 고사하고 전혀 보이지 않는 옆과 뒤의 흰 머리를 어떻게 볼 것인가? 염색하는 날이면 돈을 아끼지 않는다. 염색하고 머리에도 두 달에 한 번씩 매니큐어를 한다. 머리에 광택이 난다. 나도 모르게 자신감이 살아난다. 한 달에 7만 원을 주고 자신감을 산다.

넉 달이나 다섯 달 정도에 한 번씩 아이롱파마를 한다. 염색 값은 많이 들어가는 편이지만 파마 값은 별로 들어가지 않는다. 5년 전만 하더라도 두 달에 한 번 머리를 자르고, 단발 파마하였다. 파마 값이 많이 들어갔다. 지금은 어깨 길이 정도로 머리를 길렀다. 관리하기에 어렵지 않다. 미용실 사장님이 60세까지는 이렇게 지내도 좋다고 조언했다. 60세가 되면 자를지 말지 다시 생각해야겠다.

30대 이후에 딸에게 교육 시킨다는 핑계로 내 몸은 돌보지 않았다. 정돈되지 않은 몸을 이리저리 끌고 다녔다. 항상 마음속에 몸과 관련된 바람을 갖고 있었다. 그 바람이 시간이 흐르면서 하나씩 이루어졌다. 신기하다.

첫 번째, 몸무게 유지하기다. 30세에 딸을 낳고 49세까지 58kg에서 60kg 사이에서 고무줄처럼 늘어났다가 줄어들었다. 결혼 전보다 10kg이 늘었다. 갱년기가 시작되면 더 살이 찐다는 이야기를 주위 사람들에게 들었다. 다이어트를 해 보았다. 58.6kg에서 52kg까지 감량되었다. 4년 전부터 1년에 1kg씩 살이 붙기 시작하여 현재는 56kg에서 57kg 사이에서 왔다 갔다 하고 있다. 지나친 다이어트를 해서 영양 부족으로 관절이 약해지거나 골다공증이 생기는 것보다는 좋아하는 음식을 먹으면서 더 이상 살이 찌지 않게 소식, 많이 움직이기, 걷기 등을 하고 있다.

두 번째, 얼굴 피부가 좋아지기를 바랐다. 10년 전부터 마사지를 받기 시작하였다. 지성피부라 그나마 얼굴에 주름살이 잘 생기지 않았다. 4년 전 선배 교사는 늙으면 늙을수록 옷보다 피부가 중요하다고 강조했다. 지금은 이해가 된다. 젊을 때 내 얼굴은 손으로 만지면 거칠고 울퉁불퉁하였다. 지금은 만져보면 적당한 수분이 느껴진다. 촉촉하기까지 하다. 긴 시간 관리하는 일이 쉽지 않다.

세 번째, 손톱과 발톱 관리하는 일이다. 손톱과 발톱에 내가 좋아하는 색을 계속 칠할 것이다. 손톱과 발톱을 맡기고 관리를 받는 시간. 행복하다. 오늘은 무슨 색을 칠할까? 선택하는 시간이 즐겁다. 손톱과 발톱을 통하여 나를 표현할 수 있다.

손톱에 매니큐어를 칠하지 않을 때는 함부로 손을 다루었다. 젤네일을 하면 손톱으로 비닐을 벗기다가 아니면 스티커 자국을 떼어내려다 손톱이 여러 번 금이 가거나 부서졌다. 색을 칠하면 손톱과 손을 함부로 사용하지 않는다. 물건을 만질 때도 조심한다. 손을 보호하고 소중히 다룬다. 돈을 들여서 멋을 내는 것인 만큼 소중히 다루는 것은 필수다.

외모는 중요하지 않으며 마음이 중요하다고 말을 한다. 맞는 말이다. 하지만 중국 당나라의 관리선발기준이나 조선시대의 인재 판별 기준이라는 '신언서판'에서도 외모가 첫째 기준이었다. 일본의 야마다 오사무 역시 『사람을 간파하는 기술』에서 사람은 외관이 중요하다고 외쳤다.

10년 전부터 내 몸을 가꾸었다. 나이 들수록 더 가꿀 것이다. 보는 사람 없다고 옷을 함부로 입지 않겠다. 먹는 것을 아무렇게나 먹지 않으련다. 명품 가방, 명품 옷 산다고 돈을 소비하지 않고 내 몸을 위하여 돈을 쓰리라. 살아오면서 남에게만 선물을 주었다. 무엇보다도 소중한 나에게 한 번도 선물하지 않았다. 몸이 가장 비싼 옷이기에. 몸을 가꾸는 것이 나에게 주는 최고의 선물이다. 꾸미고 싶다. 죽는 날까지 몸부터 우아하게 살고 싶다.

롤모델 따라 그대로

각자의 삶은 고유한 색깔과 의미가 있다. 어떤 모습으로 존재하고 싶은지 상상하여 인생을 스스로 설계하고 만들어 간다. 또한 우리의 행동과 가치관을 인도해주는 지침이 되는 롤모델을 찾아 그들을 향해 나아간다. 롤모델은 이미지화(시각화)된 모습으로 존재함으로써 자아 성장과 함께 내 꿈을 흔들리지 않게 실현하는 데 도움을 준다.

김미경 아트스피치앤커뮤니케이션 대표가 커리어 롤모델 정할 때 고려 사항으로 말한 내용이다.

첫째, 롤모델이 나와 비슷한 철학을 가졌는가?

롤모델의 기본 신념이 자신과 어긋나면 몇 번 따라 하다가 포기하게 되기 때문에 철학의 기본 신념이 비슷해야 한다는 것은 매우 중요하다.

미니멀라이프를 지향하면서 도미니크 로로를 알게 되었다. 도미니크 로로는 프랑스 출신 수필가다. 소로본 대학에서 영문학 석사를 취득했다. 영국, 미국, 일본 등에서 교사 생활을 했다. 요가와 수묵화에 능통하고 자유, 아름다움, 조화를 삶의 지표로 삼고 있다.

적게 가지고 단순하게 살수록 삶은 더 풍요롭다고 말하는 『심플하게 산다』를 가장 먼저 읽었다. 검은색 선반 위에 올려진 백자 그릇 하나가 표지였다. 표지에 작가가 지향하는 단순한 삶이 그대로 녹아 있었다. 적게 소유할수록 더 자유롭고 더 많이 성장한다고 한다.

다음에 읽은 책은 『작은 집을 예찬한다』라는 것이었다. 집 평수를 24평으로 줄이는 데 큰 역할을 하였다. 집에 대하여 전혀 관심이 없던 나였다. 필요한 물건으로만 채워진 작은 집에서도 행복을 찾을 수 있다는 것을 배웠다.

『심플하게 산다 2 : 소식하는 즐거움』을 읽었다. 미니멀라이프를 지향해서 필요 없는 물건들은 비우지만 계속하여 정리를 꾸준히 하지 않으면 요요 현상으로 어느새 새로운 물건들이 자리를 잡을 수 있다. 『심플한 정리법』을 읽으면서 정리하고 더 이상 필요 없는 물건을 사지 않으려고 노력하였다.

정리했다고 항상 물건이 그 자리에 있는 것이 아니다. 혼자 사는 집이 아닌 이상 계속 누군가는 집을 어질러 놓는다. 내가 가장 많이 어질러놓는 사람이었다. 물건은 별로 없으나 집이 좁다 보니 몇 개의 물건만 거실에 있어도 집 안이 무척 정신이 없어 보였다.

이 단계에서는 모든 물건의 제자리를 정해주어야만 한다. 도미니크 로로가 어떻게 나의 마음을 알고 『모두 제자리』라는 책을 썼을까 신기했다. 그녀의 책을 읽으면 읽을수록 롤모델로 삼고 싶었다. 네이버와 구글에 검색했다. 신비주의자로 남으려고 그랬는지 책 속에 나오는 작가 소개 내용 외에는 알아낼 수 없었다.

도미니크 로로의 생생한 삶을 찾아 모방하면 우아하게 살 수 있을 것 같은데 아쉬웠다. YES24에서 작가를 검색해 보았다. 작가에 대한 새로운 사실 대신 『고민 대신 리스트』가 보였다. 고민하지 않고 책을 샀다. 리스트 제목이 그렇게 많은 걸 처음 보았다. 원래부터 따라쟁이였던 나는 노트를 하나 장만했다. 노트 제목도 '고민 대신 리스트'. 학교에서 일을 추진할 때 무조건 제목을 쓴다. 오늘 할 일도 리스트로 쓴다. 리스트에 있는 일 중 처리하면 그 내용을 지운다. 벌써 노트 두 권째다.

미니멀라이프 삶을 살다가 가끔 요요 현상이 오면 도미니크 로로의 『심플하게 산다』를 집어 들고 읽는다. 마음을 잡는다.

둘째, 나의 장점과 롤모델의 장점이 비슷한가?

롤모델을 따라서 살고 싶다는 것은 성장을 위해 노력하겠다는 의지다. 모방해서 살아갈 만한 삶의 모델을 찾아보았다. 먼저 학교에서 찾기 시작하였다. 선생님 직업을 가지고 있는 사람 중에서 찾았다. 특히 봉사하는 삶, 이기적이지 않은 삶을 살고 싶어 그런 분을 롤모델로 정하고 싶었다. 찾을 수 없었다. 책을 거의 읽지 않았던 때라 책 속에서 찾을 생각을 미처 하지 못하였다.

그러다가 '밀라논나' 장명숙을 알게 되었다. 4년 전 딸이 유튜브에서 '밀라논나'를 보라고 권했다. '밀라논나'가 밀라노 할머니라는 뜻을 유튜브를 보면서 알게 되었다. 1952년생. 한국인 최초로 밀라노에 패션 디자인을 공부하기 위하여 유학을 떠난 분. 머리도 손수 깎고, 몸매 관리를 잘하였다. 그 몸매에 어울리게 옷도 잘 입었다. 자기 아버지의 흰 와이셔츠를 입은 모습을 보여 주었을 때 신선했다. 이탈리아에 유학 가서 살 때도 한국의 친정집에서 가져간 오래된 가구들을 사용하는 것을 보고 깜짝 놀랐다. 멋 부리지 않아도 멋있고, 무엇보다도 다른 사람을 위한 삶을 사는 것에서 진심이 느껴졌다.

2021년 밀라논나는 『햇빛은 찬란하고 인생은 귀하니까요』로 작가가 되었다. 책을 사서 읽었다. 유튜브에서는 볼 수 없었던 다른 면을 보았다.

장기 기증을 예약했다. 15년 전 '척추전방전위증'이란 통보를 받고 이후부터 하루도 빠짐없이 건강을 위하여 1시간 이상 걷기, 17년 8개월 동안 키우던 강아지에 대한 사랑, 버려진 식물들 키우기, 25년 동안 봉사하기 등 결코 실천하기 쉽지 않은 일을 하고 있었다.

특히 골프 치는 대신 그 돈과 아껴 모은 돈으로 사회복지기관으로 기부하고, 몸소 그곳으로 다니며 봉사하셨다. 이 정도면 예로 충분하리라. 봉사하는 삶, 동물과 식물에 대한 사랑, 다른 사람을 위한 삶을 존경한다.

작년 8월에 3년 운영한 유튜브를 그만두겠다고 작별 인사를 하였다. 가족들과 시간을 많이 가지고, 충전하고 싶다고 말하는 것을 듣고 깜짝 놀랐다. 하지만 한편으로는 이해가 되었다. 그 연세에 크리에이터로 사는 일이 쉽지는 않았을 터. 유명인이 되어서 길거리를 다니면 알아보는 사람도 많을 것이다. 조용히 살아가려는 정명숙의 삶이 더 기대된다.

책 속에서 말하는 도미니크 로로의 삶을 통하여 '의, 식, 주'에 대하여 눈을 뜨게 되었다. 삶이 예술로 승화될 수 있다는 것을 느꼈다. 심플한 삶이 주는 아름다움. 우아하게 여백이 있는 삶을 가르쳐 준 사람이다.

밀라논나는 하나뿐인 나에게 예의를 갖추며 사는 삶을 보여 주었다. 24시간을 알뜰히 살아보는 삶, 조금씩 비울수록 편안해지는 삶, 다른 사람을 이해하고 안아주는 사람이 되는 삶은 노후의 삶으로 만족할 만큼 우아하고 아름답다.

에스프레소 맨으로 살아도 괜찮아

　평소에 카페에 가지 않는다. 왜냐하면 원두커피를 좋아하지 않기 때문이다. 하지만 아포가토만큼은 좋아한다. 바닐라 아이스크림 위에 흰색의 주전자처럼 생긴 작은 잔에 담겨 나오는 에스프레소를 부어서 먹을 때면 항상 행복하다. 아이스크림의 달콤함과 에스프레소의 쓴맛이 조화를 이루는 극과 극의 맛이다.

　에스프레소는 너무 써서 가까이하기 힘들고, 맛이 없어 찾는 사람도 거의 없다. 그러나 카페라면 어느 곳에서나 당당하게 자리를 잡고 항상 손님들을 기다리고 있다. 혼자서는 찾는 사람이 별로 없어 인기는 없다.

하지만 메뉴에 등장하는 모든 커피를 아무 말 없이 뒷받침한다.

아메리카노는 에스프레소에 뜨거운 물을 붓는 것이다. 카푸치노는 에스프레소에 우유 거품과 계핏가루를 넣은 것이 아닌가. 카페의 모든 메뉴에는 에스프레소가 들어간다. 없어서는 안 될 존재다.

스포트라이트가 비껴간 곳에서 묵묵히 맡은 임무를 다하는 사람들, 인기 있는 사람은 아니나 그 누군가에게 꼭 필요한 사람, 다른 사람과 협력할 때 더 큰 능력을 발휘하는 사람, 조연으로 스타들을 존재하게 하는 이들, 그들은 사람들 사이의 에스프레소 맨이다.

학교에서 일할 때면 다른 부서의 도움을 거의 받은 적이 없었다. 필요하면 학생들에게 도움을 요청해서 일을 진행하였다.

2022년 3월부터 혁신학교가 되었다. 학부모 아카데미 업무를 맡았다. 예산 450만 원, 8회 운영 계획을 세웠다. 5월 2회, 6월 2회, 7월 2회, 9월 2회 총 8회, 화요일 19시부터 21시까지 운영하였다.

좋은 삶의 상상력과 교육적 질문, 말 잘하고 글 잘 쓰는 어른이 되려면, 부모교육 '아이의 자존감을 살리는 부모의 마음 근육', 학부모의 이름으로 학교를 새롭게!, 에니어그램을 통한 제2 인생 진로 찾기 Ⅰ · Ⅱ, 학교폭력의 이해 및 대처, 변화하는 입시환경에 따른 학습 전략 등 각 주제에 따라 학부모들은 30명 내외가 참여했다.

시간이 흐를수록 참여율이 저조했다. 5회 운영하는 날. 학부모회장은 강의 시작 한 시간쯤 먼저 와서 복도로 가자고 하더니 앞으로의 일정을 그만두는 게 어떠냐고 조심스럽게 말을 꺼냈다. 4회 때 학부모 3명만 참석하였기 때문이었다. 연수가 있는 날이면 학부모 밴드에서 참여하라고 글을 올리는데 반응이 전혀 없다고. 교장 선생님과 상의해보겠다고 대답하였다. 사실 예견된 일이었다. 연수를 취소하면 몸이 조금은 편할 수 있다. 하지만 학부모들이 오지 않는다고 운영하는 것을 그만둘 수는 없었다. 어떻게 하면 학부모들을 오게 할 수 있을까를 고민해야 했다.

2019년 이 학교에 부임하고 나서 학부모 진로 특강을 계획하다가 참여 의사 표현을 한 학부모가 겨우 10여 명 넘어 취소한 일이 있었다. 학부모가 그때와 별로 달라지지 않아 올해 학부모 아카데미를 운영하여도 참여율은 매우 낮을 것이라 예상하였다. 학부모회장은 열과 성의를 다하여 학교 일에 앞장섰다. 만나서 이야기할 때마다 학생들을 위하여 학교에 와서 진심으로 봉사하고 있다는 마음이 느껴졌다. 학부모 동아리도 운영하였다. 낮에 학부모 동아리 시간에는 20여 명은 오는데 학부모 아카데미를 운영할 때는 거의 오지 않아서 고민하는 것이다.

재작년 9월에 새로 오신 교장 선생님께서 학부모 아카데미를 운영하고 싶다고 하셨다. 맡아서 할 수 있냐고 물어보았을 때 바로 할 수 있다고 응했다. "네 할게요." 학년말에 8회 운영하겠다고 1회 강사료 40만 원씩 320만 원, 필요 물품 구매비로 30만 원을 예산 세웠고 통과되었다.

교육혁신 부장이 학부모 아카데미 업무를 해주어서 고맙다고 목적사업비 혁신학교 운영 예산을 세우면서 학부모 아카데미 운영비로 100만 원 예산을 더 주어 돈 때문에 스트레스를 받을 일은 없었다.

처음 아카데미가 시작되었을 때는 8회가 많다고 생각하지 않았다. 시간이 흐를수록 학부모 참여율이 저조해지면서 가끔 후회가 밀려왔다. '왜 이렇게 많이 세팅했을까! 누가 하라고 한 사람 아무도 없는데. 사서 고생한다.' 하지만 누구에게도 말을 할 수가 없었다. 스스로 일을 만들었으니 누구를 원망하고 탓하랴.

학부모 아카데미를 운영하면서 강의가 있는 날이면 여러 부장 선생님이 피곤한데도 남아서 같이 강의를 들었다. 부장들은 존재만으로도 빛이 났다. 주제에 따라 학부모가 거의 오지 않은 날이면, 학생들을 남겨서 강의를 들었다. 감사하게 강사님들은 학부모 대상으로 강의를 준비해서 오셨다가 대상이 확대된 것을 보고 바로 내용을 수정해서 강의를 해주셨다.

부장들은 강의가 끝나면 고생한다고 말을 해주고, 뒷정리까지 도와주었다. 바로 부장 선생님들이 에스프레소 맨이었다. 나만 혼자서 일한다고 생각했는데 그게 아니었다. 선생님들이 남지 않았다면 몇 명만 참석한 그 자리에서 나는 외로움에 치를 떨었을 것이다. 내가 이렇게 열심히 하는데 왜 오지 않느냐며 학부모, 다른 교사들에 대하여 원망을 수도 없이 했을 것이다. 그리고 자존감이 땅에 떨어져서 곤두박질쳤을 것이었다.

7월 19일 방학. 20일 교육연구부에서 행사를 준비하였다. 도서실에서 '미술 작가와의 만남'. 궁금했다. 코로나19로 학교 밖에서 연수나 예술과의 만남을 거의 가지지 못하였다. 작가의 강의 내용이 궁금하였다. 평상시에 학생들을 위하여 그 누구보다도 열심히 미술 수업을 하고 있다는 것을 알기에. 학부모 아카데미에 빠짐없이 참석한 연구부장님을 위하여도 참석하였다.

도서실에서 오전 10시부터 학생들과 함께 현대미술에 대한 강의를 50분 들었다. 현대미술은 다양한 재료를(플라스틱 재활용, 풍선 등 이용할 수 있는 것) 모두 이용하여 표현하고 있다. 실용적으로 바뀌고 있다. 특히 Vik muniz라는 사진작가가 브라질의 쓰레기 하차장에서 재활용품을 모아서 살아가는 사람들의 모습을 카메라에 담는 내용을 그린 다큐멘터리 〈Waste Land〉를 알게 되었다. 10년 전에 만들어진 영화였다. 작가는 쓰레기 산에서 사는 사람들에게 재활용품을 이용하여 작품을 만들게 하고, 그 작품을 사진으로 찍어 판매하였다. 수익금은 다시 픽커들에게 돌려주고 있었다.

세상에는 에스프레소 맨이 많이 있다. 공무원, 길거리에서 NGO 활동 하는 분, 제자의 재능을 알아보고 그 재능을 꽃필 수 있게 열심히 지도하는 선생님, 베이스 기타를 연주하는 사람 등 다양한 분야의 예술가들. 잘 보이지 않는 무대 뒤에서 무대 위에서 존재를 드러내는 그 사람을 위하여 묵묵히 자기의 일을 하고 있다. 세상이 어떻게 움직이고 있는지 새삼 깨닫는 소중한 시간이다.

중심 무대 뒤에서 다른 사람을 빛나게 하는 존재들로 세상을 채워 나 갈 때, 우리는 함께 성장하고 서로에게 영감을 주는 특별한 관계를 형성할 수 있다. 상대방이 빛나고 성취할 때의 그 기쁨과 만족감은 돈으로는 살 수 없는 보물이기 때문이다.

교사는 모두가 에스프레소 맨이다. 학생들이 원하는 바를 이루면 누구든지 함께 기뻐하고 축하해준다. 말없이 무대 뒤에서 학생들이 잘 성장하기를, 꿈을 이루기를 바란다.

내 인생 최고의 버킷리스트, 책 쓰기

인생은 많은 순간으로 이루어져 있다. 그중에서도 진심으로 행복한 순간은 우리에게 큰 의미와 만족감을 준다. 행복은 모두에게 다르게 다가오며, 각자의 가치관과 목표에 따라 달라진다. 그러므로 진심으로 행복한 일을 찾기 위해서는 자기의 내면을 들여다보고, 마음 깊은 곳에서 소중하게 생각하는 것을 찾아 나가야 한다.

2021년 2학기에 중학교 1학년 학생들을 대상으로 주제 선택 활동을 하였다. '매체 활용 글쓰기' 반을 운영하였다. '블로그'를 이용하여 글을 쓰게 하는 수업이다.

진로를 벗어나지 않게 학생들이 충분히 쓸 수 있는 소재를 찾았다. 감사 일기 쓰기, 스마트폰에 저장된 사진으로 글쓰기, 당신의 버킷리스트는 무엇입니까?, 자신이 희망하는 직업 설명하기, 읽은 책 내용을 자유롭게 쓰기, 여행지 등 공간을 드러내는 글쓰기, 블로그 'ArtePhil의 명화 보기'에서 명화를 하나 골라 묘사하기, 잘하는 것, 좋아하는 것, 먹고 싶은 음식, 롤모델 정해서 쓰기 등 일주일에 한 번씩 2시간 동안 수업을 진행하였다. 총 17시간 운영하였다.

학생들에게 보여 줄 내용을 전날 블로그에 미리 포스팅하였다. 특히 '당신의 버킷리스트는 무엇입니까?' 제목으로 블로그에 글을 올리던 날. 블로그 글감에서 '버킷리스트'를 검색하니 『내 인생 최고의 버킷리스트, 책 쓰기다』라는 제목이 눈에 띄었다. 내 희망 사항과 똑같았다. 누가 먼저 이 길을 걸어갔군. 세상에 새롭게 시작되는 일은 아무것도 없다. 2021년 9월 12일 일요일에 블로그에 버킷리스트를 썼다. 앞으로 하고 싶은 일을 생각해 적었다.

수업 시간에 학생들에게 블로그에 내가 쓴 버킷리스트 내용을 TV에 띄워 어떻게 써야 할지 설명했다. 2년 후 지금 글을 쓰면서 하나씩 점검해 보았다.

버킷리스트 18

1. 정년퇴직 전 출판하기(2024년 9월)

– 올해 출판 목표로 글쓰기하고 있다. 이렇게 빨리 진행될 줄 꿈에도 생각을 못 하였다.

2. 경제적 부 –현금 2억 만들기 (2028년 2월)

– 퇴직할 때까지 현금 2억 만들기를 목표로 한 달에 100만 원씩 딸에게 맡겨 주식을 샀다. 3년 전만 하더라도 주식 가격이 많이 올라 가망성이 높아 보였다. 올해 금리가 상승하고, 높은 물가 등 생각지도 않았던 여러 변수가 많이 생기고 있다. 집에 돈 쓸 일이 자꾸 생겨 거의 투자가 이루어지지 않고 있다. 모아놓은 해외 주식을 찾아 제주도에서 사용할 경차를 살 예정이다. 집에 가면 차가 없어 불편한 점이 너무 많다. 퇴직 후를 대비하여 레이를 사려고 한다.

3. 제주도에 집 사기(2028년 2월)

– 2021년에 구리에 있는 22평 아파트를 부동산에 내놓았는데 보러오는 사람은커녕 전화 한 통 없다. 올해 2023년 5월에 감귤밭에 있는 창고 13평(방 하나, 욕실, 거실 겸 주방) 리모델링을 하였다. 그 집 '백향'에서 머무르면 된다. 퇴직 후에 짐을 더 정리하면 제주도에 내려가서 굳이 집을 안 사도 될 것 같다.

4. 독서 노트 작성하기(매일)

ㅡ 독서 노트에 기록하는 것이 안 되고 있다. 책 쓰기 원고 쓸 때 필요한 책을 읽으면서 인용하는데 독서 노트에 기록을 안 해서 필요한 부분을 다시 꺼내 하나씩 읽고 있다. 이번 책 쓰기가 끝나면 앞으로 책을 읽을 때는 독서 노트에 꼼꼼하게 정리하려고 한다.

5. 시간이 날 때마다 독서하기(매일)

ㅡ 아침 출근하기 전 새벽 5시, 학교에서 틈틈이 책을 꺼내서 읽고 있다. 집필 들어간 후 독서를 안 할 수가 없다. 독서에 완전히 빠졌으면 좋겠다. 독서에 미쳤다는 이야기를 듣는 것이 목표다.

6. 블로그 1일 1 포스팅(매일)

ㅡ 힘들다. 초고를 쓰면서 블로그까지 잘 쓰려면 몸이 쓰러진다. 블로그 글쓰기보다 초고에 더 집중하고 있다. 블로그 글쓰기는 다른 시인의 시를 한 편 쓰고, 생각과 느낌을 적고 있다. 평상시에 글을 써서 저장해 놓았다면 매일 한 편씩 포스팅 가능한데 어떻게 하면 그렇게 할 수 있을지 고민하고 있다.

7. 하루에 만 보 이상 걷기(매일)

ㅡ 작년에 걸었던 기록을 살펴보니 걷기를 한 날이 거의 없다. 시간은 분명히 있었지만 소홀했다. 그 결과로는 지금 목, 어깨, 팔 등 아프지 않은 곳이 없다. 올해도 안 되는 날이 많다. 요즘은 글 쓰다가 몸이 아플 때

일어나서 동네를 한 시간 걷고 있다. 대체 방법으로 월, 금요일 퇴근 후 6시 30분부터 7시까지 설린 필라테스에 가서 운동하고 온다.

8. 감사 일기 쓰기(매일)

– 안 쓰기로 정하고 접었다. 감사할 일을 찾아보면 세상에 감사하지 않은 일이 없다. 굳이 감사하다고 기록할 필요가 있을까? 항상 감사한 마음으로 살아간다.

9. 여행 후 블로그에 기록 남기기(여행할 때마다)

– 잘하고 있다. 잘 쓴다고 하기보다 한 번도 빼먹지 않고 열심히 포스팅했다. 자랑하고 싶다.

10. 퇴직까지 잘 버티기(2028년 2월)

– 버티고 있다. 내 몸에 빨간 불이 들어왔다. 이제부터 내 몸을 챙기기로 시작하였다. 머리부터 발끝까지 진심으로 아끼며 사랑해 줄 것이다. 딸이 대학교를 졸업하면 어쩌면 3년 후에 퇴직할 수도 있다. 상황을 보면서 결정하겠다.

11. 수업 준비 철저히 하기(매일)

– 마음은 잘하고 싶었으나 가끔 안 되었다. 2학기에는 날씨도 선선해지고 새로운 마음으로 수업 준비를 철저히 하자.

12. 가계부 기록 잘하기(매일)

– 가계부 기록은 잘하지만 요즘 돈 씀씀이가 갑자기 늘었다. 특히 미

니멀라이프 지향 이후 별로 사지 않았던 옷을 많이 샀다. 왜냐하면 새로운 나를 만들고 싶었기 때문이다. 기존의 내 모습—정장 대신 짧은 반바지, 편한 옷—이 좋지만 어른이 되어가는 모습으로 정장 옷차림을 선택했다. 학생들에게 보여 주고 싶었다. 옷차림부터 바꾸었다. 출판 계약하고 책 쓰기 퇴고 들어가면서 돈을 쓸 시간이 없어졌다.

13. 가족 식사 정성껏 준비하기(매일)

– 가족들이 집에서 만나 식사하는 경우가 거의 없어 잘 안 된다. 일주일에 한 번 토요일이나 일요일에는 제대로 격식에 맞추어 음식을 만들어 먹는다.

14. 가족과 대화 많이 하기(매일)

– 여전히 잘 안 되는 것 중의 하나다. 계속 노력해야 할 일이다.

15. 강아지랑 놀아주기, 산책하기(매일)

– 2022년 9월 하늘나라로 둘을 보내고, 화장한 후 서귀포시 밭에 묻었다. 옆에 감나무 두 그루 심어 잘 자라고 있다.

16. 미니멀라이프 유지하기(매일)

– 어느 정도 잘 유지되고 있다. 청소도 잘되고 있다. 옷장과 책이 조금 넘치고 있다. 책 쓰기 하면서 책을 계속 산다. 책 사기는 멈추지 않을 예정이다.

17. 필요 없는 물건 안 사기(매일)

– 옷 빼고는 물건 구매는 거의 없다. 가장 잘하고 있다.

18. 재미있는 일 찾기(매일)

– 원래 재미없는 사람이라 찾으려고 한 적이 없다. 글쓰기를 좋아한다. 메시지가 잘 떠오르지 않을 때가 있다, ChatGPT를 부른다. 글 쓰는 데 필요한 단어나 문장을 쓰고 "비유법 10개 찾아줘."라고 요구한다. 가끔 마음에 드는 문장을 만들어 준다. 어느 날 "잘했어. 고마워."라고 표현했다. "감사합니다! 도움이 되어서 기쁘고, 언제든지 더 도움이 필요하시면 또 문의해주세요. 행복한 하루 보내세요!"라고 답을 하는 것이 아닌가. 살아서 옆에 존재하는 비서와 대화하는 것만 같다. 이런 세상이 오다니. 앞으로 어떤 세상이 눈앞에 펼쳐질지 더욱 기대된다. ChatGPT와의 대화가 재미있어 즐겁게 글쓰기하고 있다.

버킷리스트 – 퇴직까지 할 일 덧붙이기

1. 퇴직까지 책 두 권 출판 더하기(전자책 포함)

2. 독서 중독

3. 건강 챙기기–필라테스를 PT로 바꿀 예정이다. 몸을 만들어 보디 프로필 사진 찍기에 도전하면 어떨까 생각 중이다. 나에게 생긴 놀라운 변화다. 할 수 있을 것 같다.

4. 블로그 포스팅할 때 진심으로 쓰기

5. 작사하기(현재 3개-〈말씀 따라 그대로〉, 〈다시 만날 수 있을까〉, 〈하얀 이별〉) 작곡가님이 부탁하면 무조건 해 보려고 한다.

6. 영화·드라마 보기, 대화하기, 유튜브 보다가 마음을 울리는 대사나 문장 나오면 메모 잘하기-항상 펜과 노트를 준비하고 있다가 마음에 들면 적는 버릇이 생겼다. 조금 있으면 습관으로 굳어질 듯하다.

7. 정년퇴직 후 모교인 초등학교, 중학교, 고등학교에 가서 강의하고, 진로 진학 상담, 진로 프로그램 운영하기-돈과 시간 등 영혼을 갈아 넣어 준비 중이다. 생각만으로도 자존감이 올라가면서 에너지가 생긴다.

진심으로 행복한 일은 자신이 가장 소중하게 여기는 가치와 연결되어야 한다. 버킷리스트를 써 보자. 그 안을 들여다보면 자신이 무엇을 좋아하고 무엇에 열정을 가지는지, 어떤 가치를 소중하게 여기는지 보인다. 자신이 좋아하는 일을 하면서 자신의 재능과 능력을 발휘할 때, 진정한 행복을 느낄 수 있다. 일상에서 순간들을 소중히 여기며 그 안에서 작은 행복을 만들 수 있도록 노력하자.

쓴 대로 말하는 대로 인생이 된다

글쓰기는 마음을 담아내는 예술이다. 나와 독자를 소통시켜 주는 특별한 수단이다. 글쓰기를 통해 내면의 소리를 드러내고, 나만의 문학적 세계를 창조하며, 끊임없이 성장하고 발전한다.

나는 왜 글을 쓸까? 글쓰기가 바꾼 삶의 풍경을 따라가 보았다.

첫 번째, 가장 중요한 이유다. 6년 전 갱년기가 찾아왔다. 새벽 4시면 눈을 떴다. 그전에 눈뜬 적도 있다. 잠은 오지 않았다. 할 일이 없었다.

거실 바닥을 쿵쿵 소리 내며 걸어 다녔다. 아래층 사람들의 잠을 깨웠다. 자기 전에 설거지한 그릇들을 달그락달그락하며 정리했다. 식구들의 새벽잠까지 깨웠다.

새벽 4시에 일어나서 일기를 썼다. 책을 읽고 기록했다. 조용한 시간이 흐른다. 시간을 낭비하지 않는다. 일기장과 독서 노트를 보았다. 흙 속에 파묻혀 있던 문장력이 어느새 조금씩 나아지기 시작했다.

두 번째, 글을 쓰면서 어른이 되었다. 일기 쓰면서 과거의 나를 만났다. 어릴 때 나를 만나니 더욱 내가 자랑스럽고 자아존중감이 올라갔다. 가족들도 글 속에서 만났다. 부모님의 사랑을 못 받았다고 생각했는데 그 누구보다도 부모님의 사랑을 받아 현재의 내가 되었다는 사실을 깨달았다. 마음속에서 부모님과 화해했다. 시골에서 혼자 사는 양수찬 씨(아버지)가 어젯밤 전화했다. "심심하다."

세 번째, 대학교 다니는 딸이 거실에 나와 "엄마? 심심해 죽겠어."라고 말하는 것이 아닌가! 바로 대답했다. "그래. 글을 안 쓰면 심심하니까 글을 쓰는 거야." 글을 안 쓰면 이 나이에 무엇을 하고 있을 것인가? 시간은 많고, 잠자고, TV 보면서 세상이 왜 이러냐고 투덜대고 있지 않을까? 종일 유튜브나 넷플릭스에 빠져 아무 생각 없이 드라마나 영화를 보고 있을 것이다. 정민 교수도 『책벌레와 메모광』에서 '막상 아무 할 일이 없는 것이야말로 더 미칠 노릇이다. 바쁜 가운데 스스로 만들어 찾는 꿀맛 같은 휴식과 여유를 가꾸어 나가는 것이 무엇보다도 중요하다'고 했다. 시간이 바람처럼 흘러 1년이 지날 때마다 살아온 시절을 후회하며 늙어 가는 삶은 살지 말자.

네 번째 돈을 덜 쓰게 되었다. 집에서 글을 쓰다 보면 쇼핑할 시간이 별로 없다. 글을 쓰기 전에는 쓸데없이 쇼핑하러 밖으로 나갔다. 구경만 하는 일이 거의 없다. 하나라도 반드시 사서 온다. 인터넷에서 아이 쇼핑하다가 온갖 물건을 샀다. 얼마든지 클릭만 하면 결제되어 집 앞 현관문까지 물건을 갖다주니 얼마나 편리한가? 그런 세월이 35년 계속되다가 나도 모르게 저절로 멈추었다.

책 쓰기를 하면 돈을 쓸 시간이 아예 없다. 아까운 줄 모르고 돈을 물 쓰듯이 펑펑 썼던 내가 글을 쓰면서 저절로 돈을 안 쓰게 되었다. 글쓰기의 힘은 대단하다. 돈을 모은 사람들의 돈 안 쓰는 방법을 아무리 읽어도 돈 쓰는 습관을 못 고치던 내가 돈 한 푼 들이지 않고 돈 안 쓰는 방법을 터득하게 되었다.

다섯 번째, 외로움을 느낄 시간이 없다. 글 쓰면 어떻게 해서 글을 잘 쓸 수 있을지 고민하게 되어 있다. 책을 읽는 것도 필수 여정이다. 글쓰기는 독서를 낳고, 독서는 또 다른 독서를 낳는다. 책 속에서 많은 독서를 한 사람을 만나고, 자신의 다양한 경험을 기록으로 남긴 많은 사람을 만난다. 그 사람들의 이야기를 읽으며 나도 빨리 책을 써야겠다고 자극받았다. 이보다 더 좋을 수 없다. 글쓰기 하다 보면 하루가 어떻게 가는지도 모르게 시간이 흘러간다. 혼자 잘 논다. 쓰고 싶은 내용과 관련된 책을 사서 읽으며 초고를 썼다.

여섯 번째, 몸이 무엇보다도 먼저라는 생각이 들어 건강에 관심을 가지게 되었다. 건강 관련 책을 사서 읽고, 죽을 때까지 글 쓰는 삶을 살려면 건강해야 한다는 것을 뼈저리게 느끼고 있다.

재작년 5월부터 블로그 글쓰기를 시작하면서 노안으로 인한 눈의 피곤함이 급속도로 밀려왔다. 안 하던 일을 하니 몸의 어깨, 목이 아프기 시작하였다. 그 전부터 아프던 부위들이 저마다 들고일어나서 아프다고 아우성을 치고 있다. 이전에 통증클리닉을 다녔는데 일단 가면 2주 치료를 기본으로 하는 곳이라서 조금 망설이고 있다. 대신 아침에 일어나자마자 유튜브를 보면서 스트레칭을 10분 정도 하고 일기 쓰기로 하루를 시작한다.

일곱 번째, 글을 써서 내 이름으로 책을 출판하게 된다. 내 이름은 영원히 남는다. 그 책 안에서 나는 영원히 살아 숨 쉴 수 있다. 어렸을 때 꿈. "죽기 전 내 이름으로 된 책 쓸 거야."라고 했던 그 꿈을 이루게 되었다. 내가 죽은 후에 누가 내 책을 읽을까? 나라는 사람이 궁금하여 찾아서 읽을 수 있는 책을 써야지.

여덟 번째, 쓰는 대로 인생이 되었다. 작가가 되었다고 날마다 일기장에 썼다. 아침에 학교 가면서 차 안에서 "나는 작가다."라고 1년 동안 외쳤다. 쓴 대로, 말하는 대로 인생이 펼쳐졌다. 운명을 바꾸는 글쓰기의 힘.

아홉 번째, 프랑스의 구조주의 철학자 롤랑 바르트는 '글쓰기란 사랑하는 대상을 불멸화하는 일'이라고 하였다. 이 문장을 접하였을 때 사랑하는 사람을 만났을 때처럼 가슴이 뛰었다. 큐피드 화살이 되어 심장으로 날아왔다. 이 문장을 꼭 인용하고 싶었다. 내 글쓰기에 등장하는 대상들이 내 작품 안에서 영원히 살아 숨 쉰다. 글을 쓰면서 사랑하는 대상을 떠올리는 것은 그 무엇과 비교할 수 없이 행복한 일이다. 누군가가 있어 작품 안으로 나를 불러주면 최고의 영광이겠다.

　글쓰기는 많은 것을 가져다주었다. 책을 출판한다는 결과를 위해서만 쓰지 말자. 쓰기 자체를 즐겨야 한다. 그래야 많은 것을 얻을 수 있다. 나에게 아무런 이익이 되지 않더라도 그냥 쓰는 것을 즐겼다. 쓰기 싫은 날은 며칠 멈추기도 하였다. 한 줄만 쓴 날도 있다. 새들도 힘들면 날아간다. 꽃은 피면서 다른 꽃들에 대해 신경을 쓰지 않는다. 나도 그랬다.

　멈추지 않고 글을 쓰는 것이 중요하다. 지금은 하루에 15분이라도 글을 쓰지 않으면 마음이 불편하다. 사흘 이상 쓰지 않으면 벌써 문장이 나를 밀쳐낸다. 항상 문을 닫고 있으면 꽃이 피지 않는다. 날마다 창문을 열어 바람을 맞이한다. 햇빛을 몸에 안는다. 비로소 꽃이 핀다. 정말로 작가가 되었다. 삶의 겨울에서 봄이 시작되고 있다.

4장

오늘의 나는
어제의 내가 아니다

운명은 스스로 만든다

프랑스 철학자 장 폴 샤르트르는 "인생은 B와 D 사이의 C."라고 말했다. 인간은 탄생(Birth)과 죽음(Death) 사이에서 날마다 하루도 빠짐없이 계속 선택(Choice)한다는 말이다. 선택이 길을 만들고, 운명을 만든다.

고향은 제주도. 착하고 순한, 농부의 딸이었다. 선택의 여지가 없었다. 운명이다. 큰딸이라 어렸을 때부터 대학교 졸업할 때까지 일요일에는 비가 오지 않으면 밭에서 일하였다. 주어진 운명대로 살았다. 고등학생이었을 때는 아예 땅을 밟고 싶지 않다는 생각이 정도였다. 대학교를 졸업하면 반드시 집에서 독립하고 말겠다는 굳은 결심을 하였다. 아는 사람이 방해할까 봐 아무에게도 말하지 않았다.

매년 때때로 몰려오는 태풍은 무서웠다. 밤새도록 전봇대와 집 뒤의 측백나무를 흔들어대며 울부짖었다. 대학교를 졸업하고 고향을 떠났다. 한순간도 떠날까 말까 고민하지 않았다.

1988년 2월 대학교를 졸업했다. 제주도에서는 3월 발령이 나지 않았다. 경기도에 교사 발령을 신청하면 9월에 발령이 난다고 하였다. 바로 실행에 옮겼다.

우리는 태어날 때부터 운명이 이미 정해져 있다고 믿는다. 그러나 주어진 상황과 자원을 최대한 활용하고, 힘들고 어려운 시기에도 끈기와 열정을 가지면 앞으로 나아갈 수 있다. 실제로는 자신이 선택하여 운명을 만드는 것이다.

1988년 9월부터 경기도에서 삶을 시작했다. 지금까지 살아오면서 한 번도 고향 땅을 떠났다고 후회하지 않았다. 열 번 학교를 옮겼다. 만나는 사람이 바뀌었다. 생활하는 공간도 바뀌었다. 언제 어떤 공간에서든 최선을 다해서 역동적으로 살았다.

만약에 제주도에 남았더라면 1년 후에는 발령받고 고향에서 살았을 것이다. 세상이 넓은 줄도 모르고 바다 너머에서 어떤 삶이 펼쳐지고 있는지 알지 못한 채 시골 아낙으로 늙어가고 있겠지.

내 운명은 내가 만든다는 것은 주어진 환경과 조건을 받아들이는 대신, 자신의 비전과 목표를 설정하고 그를 위해 행동하는 것을 의미한다. 어떤 일이 닥칠지 예측할 수 없지만, 그에 대한 응답을 선택할 권리와 능력을 갖추고 있다.

2010년 진로 교사를 선발한다는 공문을 보았다. 역시 고민하지 않았다. 바로 신청했다. 1기 진로 교사로 선발되어 지금까지 10년 넘게 잘 살아오고 있다. 묘하게 그때 제주도에서 건너온 동기 중 진로 교사로 진로를 변경한 친구는 한 명도 없다.

진로 교사가 되지 않았다면 지금 국어 교사로서 어떤 삶을 살고 있을까? 시험 문제 출제를 하고, 담임을 맡아야 한다. 담임이 되면 아침부터 할 일이 많다. 조회부터, 수업, 종례, 학생생활상담, 진로상담, 진학 상담, 수업교재 준비, 생활기록부 작성 등 업무에 치여 33년 교직 생활을 채워 분명히 명예퇴직하지 않았을까.

성공이나 실패, 행복이나 어려움은 선택과 행동에 따라 다르게 나타날 수 있다. 운명은 우리가 마주치는 일들의 결과물이며, 어떻게 대응하고 행동하는지에 따라 형성된다.

태어난 운명대로 스스로 선택할 수 없는 상황에서는 순응하며 살았다. 선택할 수 있는 상황에서는 스스로 선택하며 살아왔다. 스스로 나를 만들었다.

삶은 짧게든 심사숙고하든 항상 선택하며 살아가는 것이다. 선택할 내용에 따라 합리적 선택이 필요할 수 있다. 직관적 선택이 요구될 때도 있다. 세상에 완벽한 선택은 없다. 최고의 선택도 없다. 오직 그 순간 최선의 선택하려고 노력할 뿐이다.

내 운명은 내가 만든다. 선택과 행동을 통해 꿈과 목표를 향해 나아가는 여정에서 자신의 운명을 만들어 갈 수 있다.

Faber est suae quisque fortunae.(운명을 만드는 사람은 바로 자신이다.) -로마 시인 호라티우스

개명으로 곧 빛날 내 인생 시작하다

개명은 인생에서 의미 있는 변화와 성장을 이루기 위한 과정이다. 단순히 이름을 바꾸는 것을 넘어 존재와 정체성을 재정립하고 새로운 방향으로 나아가는 의미를 담고 있다.

작년 2월에 제주도 여행에서 '카멜리아 힐'을 갔다. 두 번째 방문하는 곳이었다. 만들어진 길을 따라 수많은 동백꽃을 보면서 걸었다. 길 곳곳마다 천에 문장을 쓰고 액자처럼 걸어 놓았다. 유독 나를 사로잡은 이 문장. '곧 빛날 내 인생'. 내 이름을 어떻게 알고 예언하고 있었을까?

개명. 57세에 굳이 이름을 바꾸어야 할까? 생각했지만 퇴직 후에는 새로운 인생을 살고 싶었다. 마음에 들지 않는, 쓰던 이름을 과감히 바꾸리라. 개명하면 서류 정리할 일이 많다. 그것이 귀찮다고 생각하면 아무것도 하지 못한다. 초등학교 입학식 날부터 불려서 지금까지 사용하였던 이름을 과감히 바꾸기로 했다.

2022년 6월 7일 화요일 수원가정법원에 갔다. 가정법원에 가기 전 인터넷에서 필요한 서류가 무엇인지 검색하였다. 친절한 어느 블로거가 개명 신청 과정을 세세하게 적어 놓은 것을 읽었다.

관공서를 통해 미리 준비할 서류는 사건본인의 기본 증명서 1통(상세), 사건본인의 가족관계증명서 1통(상세), 사건본인의 부, 모 각각의 가족관계증명서 1통씩(상세), 사건본인 자녀(자녀가 만 20세 이상일 경우만)의 가족 관계 증명서 1통, 사건본인의 주민등록등본(상세) 1통이었다. 학교에서 '정부 24'를 통하여 필요한 서류를 발급받아 프린트하였다. 그리고 개명 사유서도 필요하다. 미리 쓰고 가도 된다고 하기에 집에서 사유서를 썼다.

저는 1965년 음력 ○월 ○○일 밤 10시쯤 시골집에서 태어났습니다. 호적에는 9월 15일 태어난 날로 기록되어 있습니다. 태어나던 날 저의 동네 아래 집에서 살던 경자 아버지께서 집에 놀러 왔다가 제 울음소리를 듣자마자 아이의 이름을 'ㅇㅇ'으로 하자고 말씀하셨다고 합니다. 단 1초가 걸렸습니다.

아버지는 저를 생일도 맞지 않게 호적에 올리셨고, 그때 읍사무소 직원이 '순할 ㅇ, 착할 ㅇ' 한자로 기록을 해버렸습니다. 호적에 올린 이름을 무시하고 집에서는 저를 정ㅇ이라고 불렀습니다. 이유는 모르겠습니다. 정ㅇ이라는 이름의 뜻도 모르겠고요. 부모님은 저에게 한 번도 이름에 관한 설명을 해주시지 않으셨어요.

초등학교 입학식 날 학교에서 정ㅇ이라는 이름 대신 순ㅇ이라고 불렀습니다. 울고불고 아니라고 저항하였지만 소용없었습니다. 이름을 바꿀 생각은 꿈에도 하지 못하던 시절이었으니까요. 순ㅇ이라는 이름 덕분인지 순하고 착하게 살기 시작했습니다.

1993년 결혼할 때 아버님은 무슨 생각이 드셨는지 작명소에 가서 이름을 지어 오시고, 저에게 주셨습니다. 바꾸고 싶으면 바꾸라고요. 지욱(智煜) 지혜지, 빛날 욱. 새로운 이름이 마음에 들었습니다. 공무원인 저로서는 많은 서류를 바꾸는 번거로움이 있기에 변경하지 않았습니다. 30년 넘게 순ㅇ이라는 이름으로 살아왔습니다.

이제 60세를 눈앞에 두고 제2의 인생을 설계하다 보니 순하고 착하게

라는 이름 그대로 살기가 싫어졌습니다. 운명을 개척하여 새롭게 작가로서 삶을 살고 싶습니다. 필명만 '지욱'이라는 이름을 사용할까 하다가 이름까지도 완전히 바꾸어 살고 싶어졌습니다.

마음에 들지 않는 이름을 사용하면서 기존의 이름처럼 순응하며 순하고 착하게만 살아갈 것이 아니라 새로운 이름처럼 지혜를 빛내며 당당하게 살고 싶습니다.

바뀔 이름을 생각하면 가슴이 뜁니다. 기분이 좋아지고, 반짝반짝 빛나는 제2 인생이 눈앞에 펼쳐질 것 같습니다. 사람은 생각한 대로 된다고 합니다. 삶의 주체로서 당당하게 제가 원하는 인생을 살 수 있도록 이름을 변경하여 사용할 수 있게 도와주십시오.

필요 서류와 사유서를 제출하고, 인지대와 송달료 31,200원을 납부하였다. 사건 번호가 접수되었다. 소요 시간은 약 2~3개월 걸린다고 하였다. 2022년 7월 31일 '개명 결정 허가문'을 받았다. 그 순간부터 가슴이 콩닥콩닥 뛰기 시작하였다. 8월 1일 ○○구청에 가서 개명 신고를 하였다. 그 이후 동사무소에서 임시 주민등록증과 명의 변경을 나타내는 주민등록초본을 발급받았다. 운전면허증을 시작으로, 핸드폰 명의 변경, 통장 명의 변경, 보험 명의 변경, 여권 명의 변경, 아파트 명의 면경, 나이스 명의 변경, 교사 이름 변경 등 할 일이 많았다. 시간이 걸리는 일들을 여름 방학 동안 하나씩 마음 졸이지 않고 처리하였다.

개명은 새로운 시작을 제공한다. 과거의 제한과 한계에서 벗어나며, 더 나은 삶의 방향으로 나아갈 수 있게 해준다. 개명은 변화의 기회를 주고, 원하는 자기 모습과 목표에 더 가까워지도록 돕는다.

이름을 바꾸었다. 작년 9월부터 새로운 인생이 펼쳐지고 있다. 작사가가 되었다. 이제 작가도 되었다. 일부러 불러주는 사람은 많지 않지만 뭐 대수인가. 내가 만족하면 될 일이다.

Sapiens fin git fortuna sib.(현명한 사람은 운명을 스스로 만든다.)

배움이 없는 삶은 위태롭다

공자와 맹자는 "배움이 없는 삶은 위태롭다."라고 말했다. 공부를 하고 자기만의 세계를 구축하였다. "독방의 사형수에게도 공부는 희망이다." 라고 말한 보에티우와 "공부는 의미 있는 삶을 사는 방법이다."라고 말한 퀴리는 자신에게 주어진 한계를 딛고 공부를 통하여 시대를 구하였다.

글쓰기는 우리의 생각과 감정을 자유롭게 표현하고, 다른 사람과 소통하며, 지식을 공유하는 매우 강력한 수단이다. 더구나 글쓰기는 단순한 기술이 아닌 창의성과 표현력을 키우는 일이라 무엇보다도 죽을 때까지 학습이 밑바탕이 되어야 한다.

국어교육과를 졸업하고 국어 교사로서 22년을 교육 현장에서 지냈다. 작가가 되고 싶다는 꿈이 생겼다. 글을 쓰기 시작하였다. 가장 먼저 블로그에 포스팅하기 시작하였다. 맨땅에 아무것도 걸치지 않은 채 당당하게 섰다. 독학해야지. 뭐 어렵겠어. 대학교 졸업할 때 쓴 논문 「영주십경가」 연구를 검색해 보면 국회 도서관에 올라가 있는 것을 확인할 수 있다. 대학원 졸업 논문도 이름만 검색하면 바로 나온다. 더구나 연구 보고서는 4개나 상을 받았는데 내가 글을 왜 못 써! 의기양양하게 덤벼들었다.

한 편의 글을 쓰기 전에 주제를 생각해야 한다. 독자들에게 어떤 메시지를 주어야 할지 생각한다. 그 메시지를 전달하는 데 필요한 자료 수집하고, 글의 구성을 생각해야 한다.

나는 아무런 준비 과정 없이 그냥 글을 썼다. 생각나는 대로, 일기 쓰듯이 굳이 변명하자면 '퇴고할 때부터 글의 부족한 부분은 수정하거나 삭제하면 되지.'라는 마음으로 너무 쉽게 접근했다. 초고는 쓰레기라고 양을 채우면 된다는 이야기를 듣고 양만 가득 채웠다. "일기 쓰셨네요." 한 마디에 날아갔다. 글쓰기에 아무런 준비 없이 덤벼든 결과는 참혹했다. 자존심이 바닥까지 떨어졌다.

글쓰기에 관한 책을 찾아 읽었다. 『하루 10분 책 쓰기 수업』, 『무엇이든 쓰게 된다』, 『나는 말하듯이 쓴다』, 『책 쓰기는 애쓰기다』, 『블로그 글쓰기』, 『글쓰기의 공중 부양』, 『그냥 글쓰기』, 『강안독서』, 『문장 강화』, 『뼛속까지 내려가서 쓰라』, 『닥치고 글쓰기』, 『유혹하는 글쓰기』, 『강원국의 글쓰기』 등 글쓰기와 관련된 책들은 많다. 하지만 읽을 때뿐. 아무리 많이 읽어도 지침대로 연습하지 않는다면 아무 소용이 없다. 내가 그랬다. 필사하기도 했다. 역시 마찬가지였다. 문장이 절대로 늘지 않았다. 초고를 쓰고 던져버린 후 몇 달이 흘렀다. 정신을 가다듬고 다시 책 쓰기에 도전하였다. 이전에 읽을 때는 눈에 들어오지 않던 문장들이 하나둘 눈에 들어오기 시작하였다. 내가 왜 글을 쓰지 못하였는지 이해가 갔다. 특히 『강원국의 글쓰기』를 읽으면서 무릎을 쳤다.

『강원국의 글쓰기』 서두에 나온 문장이다. "첫 책 『대통령의 글쓰기』 출간 이후 1,500일 가까이 글쓰기에 관해서만 생각하며 살았다. 그리고 글쓰기로 고통받는 이들과 만나 대화를 나눴다."라는 내용이 나온다. 자신이 습득한 모든 글쓰기의 노하우를 담은 책이라고 표현해서 그런 것이 아니다. 한 페이지 한 페이지마다 정성을 담아서 쓴 책을 읽었다. 글을 쓰는 작가가 1,500일 동안 글쓰기만 생각한다? 집념이 대단하다. 나도 하고 싶은 일 하나에 집중해서 5년 동안 할 수 있을까. 한 번도 그런 적이 없기에 아직 나는 아직 글쓰기에 미치지 않은 것이다. 작년에 학교에서 강원국의 강의를 들으면서도 그리 가슴에 와닿지 않았는데 글을 읽으면서 존경하는 마음이 나도 모르게 생겼다.

글쓰기 시작한 지 2년이 지났다. 일기 쓰기 수준에서 조금 벗어났다. 책을 쓰려면 독서하고 공부해야 한다. 현재 내가 쓰고 있는 '퇴직 이전에 퇴직 후에 할 일을 준비해서 나가자'는 주제만 보아도 바로 알 수 있다. 한 꼭지를 쓰는 데 필요한 자료 모으기, 메시지 만들기, 인용할 문장 등 관련 도서 읽기 등 공부할 일 천지다. 더 잘 쓰기 위해 좋은 책을 가까이 해야 한다. 늘 배우는 관점에서 책을 읽는다.

40꼭지 써야 종이책 한 권이 나온다. 얼마나 많은 책을 읽어야 할지 아는가? 최소한 30권 이상은 된다. 다른 책을 읽을 때 몇 권의 책을 인용하고 있는지 한번 마음먹고 세어보라.

책을 쓰기 전에는 독서를 해도 그다지 와닿지 않았다. 마음에 드는 문장을 만나도 정리하지 않았다. 읽을 때뿐이었다. 돌아서면 내용을 잊어 버렸다. 책을 써 보라. 독서가 달라진다. 어느 꼭지 어느 부분에 이 문장을 인용하면 좋을지 감이 오기 시작한다. 이전에 별 볼 일 없던 문장들이 갑자기 사랑스럽게 다가오기도 한다. 이전에 읽었던 책을 다시 들여다

보면 책을 쓰기 전에 읽을 때와 책을 쓰면서 읽을 때 얼마나 많은 차이가 있는지 직접 느껴 보기를 간절히 바란다.

독서의 마침표는 책 쓰기다. 책 쓰기는 단지 내 이름으로 된 책을 출간하는 것으로 끝나는 것이 아니라 책을 완성하는 과정에서 인생에 대해 많은 것을 배울 수 있다.

무엇을 하려고 하든지 배움이 먼저 시작되어야 한다. 그러나 다른 사람의 인정을 받기 위한 공부, 고소득이 보장되는 직업을 찾기 위한 공부는 거기에서 멈춘다. 대신 나를 찾는 공부라면 평생 즐겁게 할 수 있다. 일단 책을 쓰자. 방법을 찾으면 사방에 널렸다.

일기를 쓰고 진짜 어른이 되었다

나의 하루는 일기 쓰기로 시작된다. 일기를 쓰기 시작한 것은 2021년 10월 15일이다. 일어나는 시간은 빠르면 3시, 아니면 3시 30분, 4시, 4시 30분, 늦으면 5시쯤 일어나는 편이다. 갱년기가 처음 찾아온 2015년 새벽에 잠이 깨었을 때는 의미 없이 보냈다. 발소리를 크게 내며 거실을 걸어 다녀서 아랫집 주인 여자가 새벽마다 발소리를 내면서 다닌다고 딸에게 신경질을 내기도 했다. 미니멀라이프를 만났다. 일어나 유튜브를 보기 시작하였다. 부동산, 옷, 비움, 집 실내장식, 청소, 집과 관련된 내용들이었다. 보면서 가끔 메모하기는 했지만 쓰기의 필요성을 별로 느끼지 못하였다.

2021년 5월에 블로그 글쓰기를 할 때도 일기까지 쓸 생각은 미처 하지 못하였다. 그러다 9월부터 글쓰기 강의를 들었다. 강사는 독서와 일기 쓰기를 강조하였다. 그래도 별로 가슴에 와닿지 않았다.

그러다 10월 14일 금요일 아침부터 일기를 쓰기 시작했다. 전날 모임 이 있었다. 수업 시간에 학생들과 미술치료사 직업 체험을 해 보자고 하 며 '풍경화' 그리기를 한 날이기도 했다. 그날 모임에 참석한 선생님들과 풍경화 그리기를 같이 하며 나도 그려 보았다. 강을 그리는데 A4의 80% 를 차지할 만큼 크게 강을 그리고 있었다. 강 위에 집을 짓고. 나무도 물 위를 둥둥 떠다녔다. '강'은 무의식을 상징하는 것이니 딴생각에 빠져 있 다는 것을 나타낸다.

돌이켜보니 거의 10년 동안 연수를 가도 집중하지 못했다. 시작할 때 만 듣다가 조금 있으면 머릿속은 관심 있는 다른 생각으로 가득 찼다. 기 획 회의 때도 필요한 말만 하고 다른 선생님들의 말을 잘 듣지 않았다. 하는 일 외에는 관심이 없었다.

풍경화에 등장하는 소재들의 의미를 잘 알고 있었기에 얼마든지 풍경 화를 얼마든지 예쁘게 그릴 수 있었다. 그런데 그렇게 그리고 싶지 않았 다. 뒷날 새벽에 일어났을 때는 나도 모르게 어젯밤에 있었던 일을 떠올리며 일기를 쓰고 있었다. 그날 이후 매일 아침 일어나서 일기를 쓰고 있다. 벌써 열 권 이상 채우고 있다.

첫 번째 일기장은 2021년 10월 14일부터 12월 25일까지 기록했다. 일기를 쓰다 보니 온갖 기억들이 조금씩 떠오르기 시작했다. 초등학교 3학년 때 학교 다닐 때 기억, 부모님과의 여러 추억, 집에 관한 이야기가 떠올라 생각나는 대로 파편들을 모으기 시작했다. 지금은 만나지 못하는 선생님 이화섭 선생님도 떠올랐다. 하루에 있었던 일 중에서 속상했던 일이 가장 먼저 떠올랐다. 감정을 그대로 썼다. 어떤 날은 책을 읽다가 마음에 드는 문장을 발견하면 적었다.

다시 읽어보면 정돈이 잘되지 않은 내 머리처럼 산만하게 이야기가 흩어져 있다. 그래도 어떤 일이 일어났을 때 계속 반성하면서 일을 처리하려고 노력하는 모습들이 보인다. 일이 생기면 원인을 찾으려고 노력하는 점도 보이기 시작했다.

두 번째 일기장은 12월 26일부터 2022년 2월 14일까지이다. 블로그 글쓰기, 학교 업무 반성, 작가의 글쓰기 관련 돈 버는 방법 강의, 오빠가 늙었다는 이야기를 사람들에게 듣고 기분이 좋지 않았다. 가족 이야기, 강아지 이야기, 퇴직 후에 할 일 생각하기, 롤모델 찾기, 제자 찬희, 여행

이야기 등. 아직도 생각나는 대로 뱉어내고 있었다. 격한 날은 많이 토해 낸다. 생각해서 글 쓰는 연습을 해야겠다고 다짐하고 있다.

세 번째 일기장은 2022년 2월 15일부터 4월 1일까지이다.
"엄마? 누가 시킨 것도 아닌데 왜 힘들게 그렇게 해? 그렇지. 나도 알아. 서울대학교 가는 것이 아니고, 인 서울 가려고 하는 것이니까 해 봐. 헤밍웨이 되는 것이 아니잖아! 그래, 나는 그냥 작가가 되고 싶은 거야. 인 서울이라도 가면 좋겠어."
나는 인 서울 가는 것도 벅찬 예비 작가 지망생이다. 얼마나 공부를 더 해야 할까! 아니 얼마나 노력해야 할까? 나는 너무 쉽게 책 한 권을 쓸 수 있다고 자만심에 빠졌다. 쓰지 못하고 있다. 아니 굳이 빨리 써야 할 이유가 없다.(2022년 2월 15일 일기 중에서)

제주도 다녀온 후 블로그에 포스팅한 글을 읽기 위한 방문객이 200명이 넘었다는 기록도 있다. 2월 이임식, 일기를 쓰기 전에 주제를 먼저 생각하기 시작했다. 주제가 정해지면 번호를 붙이면서 글을 쓰기 시작하고 있다. 변한 모습이다. 글의 내용이 길어지고 있다. 초고 원고를 쓰면서 고민하는 모습도 엿보인다.

네 번째 일기장은 2022년 4월 2일부터 5월 20일까지이다. 누군가는 그림책으로 철학을 이야기하고 누군가는 그림책으로 인문학을 이야기하고, 누군가는 그림책으로 나를 찾아가는 이야기를 한다고 메모하였다.

조금씩 눈에 들어오기 시작한다. 다른 사람의 말, 메모, 모든 것들이 도움이 되고 있다.

문장에서 생략한 '1인칭 주어' 인생에서는 강조하라. 인생에서는 '1인칭 주어'가 생명이다. 일기 쓰기가 변하고 있다. 형식이 조금씩 틀이 잡히기 시작한다. 블로그 글쓰기는 독서 후 소감문 정도 간단하게 쓴다면 일기 쓰기는 오히려 공들여서 하게 되었다. 독서보다 일기를 쓰는 것이 확실히 글쓰기 실력을 키워준다.

지금 열 번째 일기장을 채우고 있다. 일기를 제대로 쓰려면 늦어도 4시 30분에 일어나야 한다. 더 늦게 일어나면 마음이 바빠져서 집중이 잘 안 된다. 일어나자마자 물을 한잔 마시고 책상 위에서 『5년 후의 나에게』책을 꺼내 그날 질문에 대한 답을 먼저 쓴다. 일기장을 펼치고 앉는다. 어제 일기를 쓰기 시작한다. 이전에는 생각나는 대로 느낌 위주로 썼다. 지금은 어제의 일 중에서 잊지 말아야 할 것을 찾아 제목을 붙이고 있었던 사실을 자세히 쓰고 있다. 일기 쓰기는 글쓰기 연습이 될 수 있다. 일거양득이다. 가끔 강아지 돌보는 것이 버거울 때는 별을 주인공으로 쓴다.

그러다 보니 강아지 일기도 인생사와 연결을 시켜 기록되는 것이 아닌가!

삶이 조금씩 바뀌고 있다. 일기를 쓰기 전에는 어떻게 살았는지 아무 것도 남는 것이 없었다. 일기를 쓰면서 부모님 생각을 많이 하게 되었다. 다른 부모님과 비교하면서 원망했던 마음이 사라지고, 돌아가시기 전에 어떻게 하면 자그마한 효도라도 할 수 있을까 고민한다. 점점 더 심리적인 거리가 가까워지고 있다.

일기를 쓰면서 어른이 되고 있다. 감정의 조절을 제대로 하지 못하는 나잇값 못하는 사람이었다. 특히 수업 시간에 수업을 방해하는 학생들을 따끔하게 혼내야 하는데 마음이 약해서 못 할 때가 있었다. 학생과 갈등이 생긴 날 일기 쓰기는 아주 유용하다. 일기를 쓰면서 자세히 묘사해 본다. 마음껏 글 속에 기록한다. 원인이 무엇인지 분석해서 기록한다. 다음에 그 상황이 오면 어떻게 대처할지 방법이 떠오른다. 감정의 조절은 연습이 필요하다. 글을 쓰면서 원인을 파악했기 때문에 그다음 시간이 되면 다시 한번 상황에 대하여 설명한다. 미안한 일은 학생들에게 분명히 미안하다고 사과한다. 무례한 학생에게는 따끔하고 엄하게 지도하고, 열심히 성실하게 수업에 임하는 학생들에게는 도움을 주려고 한다.

영화를 보다가, 유튜브를 보다가, 길을 걸어가다가, 라디오를 듣다가, 화장실이든 좋은 문장을 만나면 적게 되었다. 적어 놓았다가 필요한 문장이 있으면 인용한다. 어느새 일기 쓰는 시간을 즐기고 있다. 어떤 날은 낮에 일기를 쓰기도 한다. 일기를 쓰는 것이 습관이 되었다. 일기 쓰기를 하며 마음에 안 드는 사람의 장점을 찾았다. 애정을 가지고 그 사람을 들여다보면 배울 점이 보였다. 글 쓰는 데 속도는 중요하지 않다. 천천히, 그리고 꾸준히 글을 쓰고 있다. 일기 쓰면서 성장하고 있다.

나의 하루는 일기 쓰기로 시작된다. 나를 어른으로 성장시킨 것은 8할이 일기 쓰기이다. 글쓰기를 하면서 생각하는 힘이 생기기 시작하였다. 많이 쓰면 쓸수록 정신이 더 강해지고 있다. 화를 다스리며, 분노를 활활 타오르지 않게 자신을 조절하는 힘. 일기 쓰기이다.

남편보다 블로그 글쓰기가 더 좋다

지금 기록하지 않으면 모두 사라진다. 블로그에 글을 기록하면서 삶이 바뀌었다.

2019년 11월 10일 블로그에 처음으로 글을 썼다. 7줄이었다. 최소의 공간을 완성한 기쁨으로 거실 사진을 찍고 블로그에 포스팅했다. 33평에서 24평으로 이사를 하고 거실에 있는 물건들을 비웠다. 거실에는 화분 여섯 개가 낮은 책꽂이 화분대 위에서 햇살을 받고 그림자를 만들고 있다. 그리고 소파와 탁자뿐.

두 번째 포스팅한 글은 그해 12월 29일. 『미니멀리스트』에 나온 문장을 옮겨 적었다. 현재의 자기 모습과 하는 일에 만족하고, 개인으로서 지속해서 성장, 의미 있는 일로 타인에게 봉사하면 성공한 사람이라고 적혀있다. 마치 앞날을 예언하듯이.

블로그에 기록해야겠다고 느낀 것은 강아지 때문이었다. 날이 갈수록 늙어가는 강아지를 보면서 언제 내 곁을 떠날지 몰라 걱정이 되었기 때문이었다. 사진도 많이 찍어두지 않아 추억이 거의 남아 있지 않았다. 어느 날 떠나버려도 덜 슬퍼하기 위하여 산책할 때나 집에서 졸고 있는 모습을 사진 찍고 간단히 기록하기 시작하였다.

2020년에 블로그에 여덟 개의 글을 썼다. 2021년 5월 1일 동네 도서관에 책을 대여하러 갔다. 부제인 아무것도 못 버리는 여자의 '365일 1일 1폐 프로젝트', 그 1년간의 기록 『날마다 하나씩 버리기』라는 책을 본 순간 '나도 이 정도면 글을 쓸 수 있겠어.'라는 자신감이 마음 깊은 곳에서 올라왔다. 책을 읽고 서평 대신 책 소개와 군더더기가 없는 내 공간을 몇 장의 사진에 담아 짧게 블로그에 글을 올렸다.

블로그 주제는 문학·책으로 정하였다. 특별히 쓸 말도 떠오르지 않았다. 블로그에 대하여 아는 바가 없었다. 아무 생각 없이 12월 31일까지 100권 읽기 도전. 블로그 명을 '비움을 위한 책 읽기 기록장'으로 정하고 이전에 읽었던 책을 다시 읽고 기록하기 시작하였다. 블로그에 기록이 끝나면 깨끗하게 그 책을 비움하는 것이 목적이었다.

블로그에 어떻게 글을 쓰는지 사용 방법을 잘 몰랐다. 네이버 회원이 면 이미 만들어진 것이기는 하지만 궁금한 점이 너무 많았다. 다른 블로거들이 쓴 글을 읽었다. 6월 10일 『블로그 투잡됩니다』를 읽고 포스팅하면서 '모르는 게 너무 많다'고 넋두리하기도 했다.

하지만 블로그 만들기 관련 다른 책을 읽고 내 블로그에 하나씩 반영해 보면서 읽어 나갔다. 읽어도 적용하기 어려운 것도 많았다. 블로그 꾸미기는 관심을 가질 수가 없었다. 아직도 꾸미지 못했다.

일단 타자가 너무 느렸다. 책 한 권 읽고 나서 독수리 타법으로 독후감을 올릴 때는 네다섯 시간 정도 걸렸다. 퇴근 후 집에서 글을 쓰다 보면 어느새 밤 열 시가 훌쩍 넘어갔다. 목, 어깨, 두 팔목, 손가락, 엉덩이 등 온몸이 아프다고 아우성을 쳤다.

안 쓰던 근육들을 움직이다 보니 몸이 거부하기 시작했다. 한 권, 두 권 읽고 기록하는 것도 힘들었다. 6월 17일 비공개 일기를 들여다보면 "블로그를 떠나기로 마음먹었다."라고 적혀 있다. 6월 30일 비공개로 썼던 글도 읽었다. "나는 쓰지 않기로 하였다. 쓰는 것은 정말 아니다!" 절규하고 있었다. 6월 내내 너무 힘들었기 때문이었다. 옆에서 지켜보던 딸은 아무도 시키지도 않는 일을 왜 하면서 그러느냐고 한마디 거들었다.

6월 내내 몸과 마음을 심하게 앓고 7월을 맞이하면서 마음이 가라앉았다. 도전 근육이 그만둘까 하는 마음을 멀리 내보내고 어느새 자리 잡고 앉았다. 목표를 수정한 것이 한몫했다. '이러다 죽으면 안 된다. 책 100권 읽기는 올해 포기한다'는 것으로. 마음이 조금은 편안해졌다. 욕심은 있지만 몸이 따라주지 않는 나이가 되었다. 이제 천천히 가야 할 몸이라는 걸 알기에. 많이 연연하지 않기로 했다.

블로그 글쓰기 목적은 또 있었다. 여행 기록을 하는 것이었다. 여행을 가서 사진 찍는 것을 좋아하지 않았다. 추억이 거의 없다. 국내 여행이든 해외여행이든 아무것도 남아 있지 않았다.

블로그에 기록하기 시작했다. 코로나19로 해외여행을 못 가지만 국내 여행은 가능했다. 여행 후에는 반드시 기록했다. 잘 쓰는 것이 목표가 아니라 기록하는 것이 목표였다. 여행에 관하여 처음 쓴 글은 '여행'이 제목이다. 사진 한 장을 첨부하고 "이 사진을 쳐다보고 있으면 즐겁다. 그리고 또 꿈을 꿀 수 있다. 다시 떠나고 싶다. 바나힐 가는 중."이라고 기록하였다. 현재 93편이 기록되어 있다. 사진 못 찍는다고 딸에게 구박받는 것이 일상이다. 상처받지 않는다. 사진을 잘 찍으면 금상첨화겠지만 아직은 글 쓰는 것이 더 중요하다고 생각한다.

여행을 다녀온 후 기록하는 것이 쉽지는 않다. 시간이 많이 소요된다. 여행지에서 사진을 찍느라 어떤 날은 구경을 제대로 하지 못할 때가 있다. 포스팅하기 위하여 다녀온 여행지를 공부한다. 기록하면 남는다. 여행이 더 좋아졌다.

블로그에 글을 기록하면서 삶이 바뀌었다. 글의 소재는 책, 여행, 일상, 강아지, 학교 이야기들이다. 기록하기 전에는 아무것도 나에게 남아있지 않았다. 그 많은 이야기가 하나도 머릿속에 저장되지 않고 사방에 파편처럼 날아다녔다. 시간이 더 흘러가면 아마 하나도 존재하지 않을 것이다.

글을 쓰다가 기억이 안 나면 책을 읽고 블로그에 포스팅한 글을 찾아 읽는다. 생각의 실마리를 찾을 수가 있다. 블로그에 글을 기록하기 전에는 아무 생각 없이 남을 따라가는 여행이었다. 지금은 책을 읽고 포스팅 하다 보니 자연스럽게 여행을 가고 싶은 곳이 생겼다. 헨리 데이비드 소로의 고향 콩고드 지역과, 월든 호수, 소로가 살았던 숲속을 거닐고 싶다. 다시 영국에 다시 가서 한 달 동안 박물관에 묻혀 살기를 버킷리스트에 첨가하였다.

여행 갔다 온 곳을 보고 싶으면 블로그에 포스팅된 사진과 글을 찾아서 읽어본다. 풍경들이 처음처럼 눈앞에 다가온다.

재작년에 명예퇴직한 민 언니와 작년에 전화 통화를 하다 보니 제주도 서귀포시에 있다고 이야기하는 것이 아닌가! 2년 전에도 제주도에 갔을 때 통화했는데. 작년 2월에 제주도 갔을 때 들렀던 '새연교-서귀포항과 새섬을 연결하는 다리'에 꼭 가보라고 전하였다. 전화로 설명하는 것보다 사진을 보여 주는 것이 더 좋을 것 같았다. 새연교에 대하여 포스팅한 블로그 주소를 민언니 카카오톡에 공유해서 읽어보라고 하였다. '블로그' 하면 좋다고 전하면서 통화를 마쳤다.

이전에는 여행을 가면 눈 속에 풍경들을 담아오면 된다고 생각하였다. 사진도 찍지 않았다. 지금은 블로그에 여행 사진을 올리고, 글을 쓰면서 다시 한번 여행을 음미한다. 눈이 내린 오스트리아, 레이디 샬롯이 기다리는 영국 테이트 박물관 등 기록을 통하여 삶을 풍성하게 한다. 죽기 전에 가 보고 싶은 곳이 자꾸만 생기고 있다.

기록을 하면서 내가 좋아하는 것을 찾았다. 정말 내가 하고 싶은 것이 무엇인지 고민하며 학교와 집에서 식물 키우기, 일상 등을 기록하면서 글 쓰는 것을 싫어하지 않는 것을 발견하였다. 어렸을 때 가졌던 작가가 되는 꿈을 이루기로 결심을 굳혔다. 퇴직 후에는 작가로 살기로 마음먹었다. 그래서 힘든 시간을 보내면서도 포기하지 않았다. 정말 싫었다면 중간에 포스팅을 그만두었겠지만 아슬아슬하게 고비를 넘겼다. 아직도 마음에 드는 글을 쓸 수 있는 실력을 갖춘 것은 아니지만 포기하지 않고 계속 쓰고 있다.

혼자만의 시간을 잘 보내게 되었다. 혼자 외롭다고 느낄 시간이 사라졌다. 블로그 글쓰기를 다른 사람과 비교하지 않으면 행복하다. 처음에 블로그에 기록한 나와 현재의 나를 비교하면 번데기가 나비가 된 것처럼 예뻐졌다. 오늘 아침에도 블로그에 짧은 글 천상병의 시 「나무」를 포스팅했다.

블로그 글쓰기. 시작이 반이다. 책 쓰기의 시작은 블로그 글쓰기다.

유유상종 직업인 어떻게 일하지?

진심으로 자신의 직업을 좋아하는 사람을 만나기 어렵다. 2011년 9월 부터 학교 안팎에서 많은 직업인을 만났다. 어디서, 어떤 사람을 만나든 직업을 가진 사람이라면 항상 매의 눈으로 눈여겨보았다. 원석들 속에서 보석을 발견하는 것이 나의 강점이다. 처음 만나도 대부분 자신의 직업을 사랑하여 열심히 하고 있는지, 건성으로 하고 있는지 가려낼 수 있다.

자신의 직업을 좋아하여 최선을 다하여 일하는 사람들을 존경한다. 그들은 열정을 가지고 자신의 일에 몰입한다. 사람들에게 직업의 아름다움

을 선물한다. 그 사람들은 일을 긍정적으로 바라보며 힘든 모습을 보여
주지 않는다. 말도 예쁘다.

좋아하는 직업인들을 떠올려 보았다. 여러 번 만나 대화하고, 일하는
것을 옆에서 지켜보았다.

첫 번째는 '강아지이발소' 여사장님이다. 나이는 정확히 알 수 없다. 키
가 작고 아담하면서 조금 통통하다. 사적인 대화를 거의 나누지 못하였
다. 강아지 두 마리를 안고 가서 내려놓으면 크게 짖어서 바로 돌아서서
오기 바빴다.

강아지 두 마리를 길렀다. 45일에 한 번쯤 미용했다. 강아지 미용실을
찾아 헤맨 적이 많다. 마음에 드는 집이 별로 없다. 동물 병원에서는 일
요일과 공휴일에도 진료하고 미용한다. 비쌌다.

강아지 미용만 전문적으로 하는 가게를 찾았다. 제약이 많았다. "일요
일은 안 돼요. 그 시간은 예약이 전부 차 있어요." 등 내가 원하는 시간에
맞추어 주지 않았다. 소비자가 원하는 공휴일에 문을 여닫았으면 좋겠는
데. 보통 애견숍 사장이 원하는 요일과 시간에 맞추어 운영하고 있었다.

그러던 차에 집 가까운 곳에 '강아지이발소'가 생겼다. 강아지 옷과 간식은 거의 팔지 않고, 강아지 미용만 전문적으로 하는 '강아지이발소'. 인연이 되려고 그랬는지 처음부터 마음에 들었다. 간판을 보고 전화번호를 입력하였다.

어느 날 전화로 미용 예약을 하고 두 마리를 데리고 가게로 갔다. 사장님을 처음 보았다. "어머! 몇 살이야?, 이름은 뭐야?" 나지막한 목소리로 강아지에게 말을 걸었다. "걱정하지 말고 맡겨 놓고 가세요". 강아지를 사랑하는 마음이 목소리와 풍채에서 느껴졌다.

가게는 작다. 세 평 정도다. 문을 열고 들어가면 쇠로 만들어진 울타리가 크게 자리를 잡고 있다. 그 울타리 안에는 미용 대기 중인 강아지나 미용이 끝나 주인이 오기를 기다리는 강아지가 있다. 분홍색 지붕의 플라스틱 개집도 하나 있다. 벽에 강아지 옷을 몇 개 걸어 놓았다. 개업 초기에 몇 벌 사 입혔다. 비싸게 가격표를 붙이지도 않았다. 강아지 간식도 몇 개 있다. 은근히 사라고 강요하기는커녕 한 번도 이야기한 적이 없다. 그게 마음에 걸려 한두 번 샀다. 미용하는 곳이 벽 너머에 있다. 싱크대 비슷하게 만들어 놓았다. 뒤편에 미용이 끝나면 강아지를 씻기는 세면대와 털을 말리는 '펫드라이룸'이 있다.

재작년부터 걷지 못해 움직일 수 없는 개별을 미용할 때는 힘이 많이 들지만 내색하지 않았다. 강아지에게 한마디 말도 함부로 하지 않았다. 시간이 걸리니 5,000원만 올려 받을 뿐이었다. 오히려 나에게 "강아지 때문에 많이 힘드시겠어요."라고 말했다. 그날도 미용이 끝난 개별을 안고 나에게 건네주며 개별을 한참 동안 쳐다보았다.

다시 강아지 미용을 맡겼다. 미용이 끝났다는 사장님의 문자를 받았다. 과일 가게에 들렀다. 참외를 20,000원어치 샀다. 사장님께 드렸다. "뭘, 이런 걸 사와요. 다음부터는 사 오지 마세요."라고 말하며 미안해 하셨다.(강아지는 작년 9월 하늘나라로 갔다.)

두 번째는 마사지 가게를 운영하는 '비채' 사장님. '파사디' 골프웨어 사장님이 소개했다. 거기에 다녀서 얼굴이 작아졌다고 자랑을 하는 것이 아닌가. 처음에는 별로 기대하지 않았다. 마사지를 10년 정도 마사지를 받다 보니 내가 직접 받아보기 전에는 다른 사람이 아무리 좋다고 하더라도 신뢰가 가지 않기 때문이다.

가게에 갔다. 몸을 맡겼다. 처음부터 손의 강한 힘에 깜짝 놀랐다. 막대기처럼 딱딱한 손가락을 만져주었다. 어깨, 목, 팔까지 아픈 데마다 꾹꾹 눌러 주었다. 온 힘을 다해서 몸을 대접하였다. 얼굴도 시원하게 만져주었다. 다른 데서는 볼 수 없는 특별 손놀림으로 아픈 부위만 골라냈다. 아픔을 없애버리듯이 힘을 모아 내 몸의 나쁜 기를 뽑아내는 것 같았다.

머릿속까지 손가락 끝으로 박박 긁어 마사지해준다. 아주 시원하다.

일반적으로 마사지 가게에 처음 가면 손님에게 신경을 많이 쓴다. 그래야 손님이 10회 단위로 등록하니까. 두 시간 후 마사지가 끝났다. 온몸의 피로가 한꺼번에 싹 풀렸다. 10회를 결재했다. 돈이 아깝지 않았다. 일주일에 한 번은 특별한 일이 없는 한 비채에 간다.

비채는 단골손님 위주로 운영이 되고 있었다. 항상 손님을 위하여 무엇을 해줄까? 하고 노력하는 모습이 엿보였다. 고액 의료 기구도 고객들의 몸에 좋다면 바로 사들여 부가서비스로 더 해주신다. 직업인으로서 최고의 경영자가 아닐까!

말씀을 잘한다. 잘난 척도 하지 않는다. 마사지를 위한 몸 공부를 중국에 건너가서 하고 왔다. 설명을 듣다 보면 확실히 전문가의 지식과 힘이 느껴진다. 왜 몸이 아픈지를 설명해준다. 그 말을 듣다 보면 내 몸을 보살펴서 아껴야겠다는 생각이 온몸에 스며든다. 안 아픈 곳이 없다고 했더니 접시를 가지고 경직된 몸을 풀어주는 방법을 알려주었다. 집에 오다가 다이소에서 파란 파스텔 색상의 작은 동그란 접시 하나를 샀다. 글을 쓰다가 팔이 아프거나 목이 아프면 그 접시를 들고 딱딱하게 굳어진 부분을 박박 긁는다. 시원하다. 2년이 되어가는데 한 번도 몸을 사리지 않고 최선을 다해서 내 몸을 관리해 주신다.

'비채'에 가면 항상 사장님이 웃으면서 맞이해 주신다. 어느 날 감자를 전자레인지로 익혔다. 나누어 먹었다. 사장님은 평택에 밭이 있다. 여름에는 해가 길어서 마사지를 끝내고 가족이 밭에 가서 일한다고 했다. 어떤 사람들은 한 가지 일하는 것도 힘들어하는데. 두 가지 일을 힘든 내색한 번 하지 않고 씩씩하게 일을 헤쳐 나간다.

내가 진심으로 좋아서 만나는 사람들 모두는 각자 한 편의 희곡이다. 그 작품 안에서 기꺼이 해설자 역할을 맡았다.

작사가가 될 줄 그 누가 알았을까?

어렸을 때부터 좋아했던 음악, 문학, 글 쓰는 일을 통합하여 하나의 작품으로 만드는 일로 내 삶을 장식하고 있다. 겨울나무로 존재했던 내 취향들은 여름의 무성한 나무가 되었다. 열매 맺을 가을을 향하여 쉬지 않고 꽃을 피우고 있다.

열정을 살리기 위해서는 명확한 방향과 목표가 필요하다. 가장 열정적으로 할 수 있는 일을 찾기로 했다. 내 가슴이 뛰는 일, 나를 행복하게 하는 일을 찾기 위해 고민하던 중, 예전부터 꿈꿔왔던 음악에 대한 열정이 떠오르기 시작했다.

영화 〈투스카니의 태양〉에서의 문장이 떠오른다. "알프스에 비엔나와 베니스를 잇는 철도를 놓았다고 한다. 언젠가 기차가 올 줄을 알았으므로. 뜻밖의 일은 항상 생긴다. 생각지도 못한 좋은 일이 일어날 수 있다. 다 끝났다고 생각했을 때도."

2022년 8월 지인이 〈경포&〉(트로트) 노래를 만들고 멜론에 싱글 앨범으로 등록 신청을 하였다. 한편 준비한 음악 동영상을 멜론에 등록되기 전 8월 31일 유튜브에 올렸다. 작곡가는 노래를 준비하는 과정에서 제목과 가수 이름을 요즘 사람들이 좋아하는 스타일로 세련되게 만들어 달라고 하였다. 경포를 대표하는 노래가 되기를 바랐기 때문에 '경포&유, 경포위드유, 경포&스케지, 경포&소네트, 경포아포릭, 경포에버' 등 단어를 만들어 추천하였다. '경포&'으로 선택하셨다. 이름은 Yoon's 형제들이 뭉쳐서 작사, 작곡, 편곡하고 연주 · 노래까지 발표할 예정이었기 때문에 '윤스가(Yoon's 家)'로 만들었다. 그리고 '윤스가' 채널 소개 글과 〈경포&〉에 대하여 덧붙이는 글을 썼다. 작곡가가 나의 예명을 '지우기'로 하면 좋을 것 같다고 하여 그때부터 닉네임을 사용하는 공간에는 '지우기'로 표현하고 있다.

두 번째 곡 〈나 아닌 당신 뜻으로〉(복음성가)를 11월 중순에 유튜브에 발표할 때도 노래에 대하여 설명하는 글을 썼다. 작곡가님은 유튜브에 음악 동영상을 만들어 올렸다. 신곡이어서 일주일은 조회수가 그럭저럭 나왔다. 12월 중순쯤 되니 조회수가 줄어들기 시작했다. 이럴 때 섬네일을 한 번 바꾸어 주면 좋다는 어느 유튜버의 말을 듣고 시험해 보고 싶었다. 작곡가에게 어떻게 섬네일을 만드냐고 물어보았다. 미리 캔버스를 이용하여 만들었다고 하길래 바로 미리 캔버스로 들어가 보았다. 미리 캔버스는 알고는 있었지만 배우기가 싫어 저편으로 밀어낸 디자인 플랫폼이었다.

당시 작곡가님은 작곡, 작사, 편곡, 섬네일 제작, 동영상 제작까지 너무 많은 일을 하고 있었다. 누군가가 도와주어야만 한다는 생각이 머리를 스쳤다. 만드는 방법을 배워야겠다는 생각이 들었다. 즉시 카드 결제 후 섬네일 만들기 연습에 바로 들어갔다. 미리 캔버스에서는 웹용, 동영상, 인쇄용 등 소비자가 필요한 모든 용도의 서식을 제공한다. 그런데 유튜브 섬네일과 채널을 만들 수 있게 제공된 서식을 이용하여 만드는 것에는 한계가 있다. 양식이 별로 많지 않기 때문이다. 이렇게 저렇게 만들어도 내가 원하는 스타일이 나오지 않아 답답했다. 그러다 내가 찍은 사진을 섬네일 바탕화면에 넣고 미리 캔버스의 '요소'를 결합하여 노래 제목을 넣고, '윤스가'라는 가수 이름을 넣었다. 계속하여 미리 캔버스에서 다른 사진을 찾아 섬네일 만들기를 반복했다. 10번 정도 만들다 보니 어느덧 섬네일 만드는 일이 손에 익고, 마음에 드는 섬네일을 만들 수 있었다.

올해 1월 1일 〈나 아닌 당신 뜻으로〉(복음성가) 경음악에 어울리는 동영상을 필모라 동영상 편집 프로그램을 이용하여 만들었다. 아침부터 자정이 넘는 시간이 내 몸 위에 계속 쌓여 갔다. 음악을 수십 번 들으면서 계속 다르게 만들었다. 내용이 바뀐 결과물이 바로 보여 전혀 지루하지 않았다. 오히려 자신감이 붙기 시작했다. 이따금 딸이 자정 넘어까지 이어폰 쓰고 음악 들으며 돋보기 써도 잘 보이지 않는 눈으로 작업을 하는 나를 보고 '어휴!' 하며 지나갔다. "취미로 해!"라는 말과 함께. 신경 쓰지 않았다. 그러다 보름쯤 지났을 때 '아! 되는구나!'라는 느낌이 왔다.

세 번째 곡 〈말씀 따라 그대로〉(복음성가) 노래에 맞추어 동영상을 만들어 보라고 작곡가님이 제안하셨다. 필모라 프로그램에서 가사에 맞추어 여러 동영상을 찾아 넣고, 노래 내용에 어울리지 않으면 삭제하기를 반복하면서 가사까지 화면에 자막으로 넣을 수 있었다. 만들어진 동영상을 가수에게 보내 피드백을 받고 계속 만들었다. 힘들기보다는 재미있었다. 결과물을 보면 어떻게 변화되었는지 한눈에 보였다. 아기를 낳았을 때는 −중간에 변화된 모습을 볼 수 없어 실감이 나지 않아− 아무 생각 없이 자리에 누워 있었는데. '내가 이런 일을 할 수 있다니!' 1월 31일 작곡가, 가수와 만나 협의를 통하여 작곡가님이 촬영한 영상을 간주 부분에 넣고, 두 개의 동영상 화면이 만나는 장면들을 자연스럽게 연결하여 완성했다. 유튜브에 동영상을 올렸다.

섬네일과 동영상 만들 때, 유튜브에 올릴 노래 내용을 문장으로 만들 때 내 취향이 들어갔다. 시를 좋아하는 감성은 문장을 만들 때 이용이 되고, 경음악을 들으면서 글을 쓰던 젊은 날의 습관도 문장을 만들 때 도움을 주었다. 시를 읽고 그림으로 표현하게 했던 교육 활동들은 노래의 내용과 연관된 이미지를 선택할 때 나도 모르게 직관을 움직이게 만든다. '윤스가(Yoon's 家)'에서 만들어진 세 편의 곡은 내 취향이 녹아 들어가 있는 문장, 섬네일과 함께 유튜브에 저장되어 존재하고 있다. 내 인생 최고 선물이다.

완전 컴맹이었던 내가 컴퓨터를 무서워하는 일이 조금씩 줄어들고 있다. 나만의 유튜브를 운영하고 싶다는 문장이 버킷리스트에 추가되었다.

그러던 중 가사를 써 보면 어떠냐고 제의받았다. 작사가로서 여정도 시작되었다.

열정을 살리기 위해서는 내가 선택한 분야에 대한 전문성이 필요하다고 생각했다. 그래서 작사하는 법을 독학하고 연습하기 위해 시간을 투자했다. 『프로의 작사법』, 『김이나의 작사법』, 『작사가의 노트』, 『작사가가 되는 길』, 『김도훈 작곡법』을 사서 읽었다. 시집들도 읽었다. 작곡한 악보와 기존의 가사를 받았다. 일단 작곡한 음을 들었다. 반복하여 200번 이상 들었다. 원래 가사를 읽어보았다. 어떤 의도의 내용인지 보았다. 이별 후의 옛 연인을 시간이 많이 흐른 후에도 잊지 못하는 내용이었다. 기존의 작곡가가 붙인 가사에서 마음에 든 두 단어 '작은 그 미소, 셀 수 없는'은 쓰기로 했다. 〈하얀 이별〉 작사가 완성되었다.

이젠 네 얼굴 하나씩 흐려지네요

작은 그 미소 떨리던 입술 눈 맞춤도

우리 이별한 게 맞니 셀 수 없는

많은 물음들 텅 빈 공간에서 더 하얀 슬픔

너의 짧아진 언어 온도 숨 고르고 숨 고르다 이별

준비하는 네 마음 알고 있었지

그 차가운 풍경이 언젠가 어제처럼 비로 내리면

내리는 나의 눈물로 그대 지워 떠나갈게

열정을 살리기 위해서는 지속적인 성장과 동기 부여가 필요하다. 앞으로도 작사를 계속하려면 시를 많이 읽어야 한다. 가사가 좋은 곡을 베껴 쓰는 일도 중요하다. 작곡된 음을 들으면서 음악 속으로 완전히 빠져들어야 한다. 또한, 작사법 책과 유튜브 영상을 통해 계속해서 작사에 대한 지식을 쌓으며, 성공한 작사가들의 이야기와 인터뷰를 찾아보겠다. 그들의 노력과 열정에 영감을 받으며 내가 가고자 하는 길을 더욱 향해 나아가련다.

지금까지의 여정이 쉽진 않았다. 때로는 힘들고 지치기도 했지만, 내 안의 열정을 되살리기 위해 굽히지 않고 계속해서 나아갔다. 작사가라는 타이틀을 만들었다. 그 열정이 나를 자극했다. 그동안 중단했던 책 쓰기를 다시 시작할 수 있었다.

나의 가슴속에 숨겨둔 열정을 살리기 위해 나아가는 이 여정은 아직 끝나지 않았다. 나는 확신한다. 내가 진정으로 좋아하는 일을 향해 열정을 살려, 꿈을 이루기 위해 끊임없이 나아갈 때, 어떤 어려움이든지 극복할 수 있다. 그 열정의 불꽃은 계속해서 내 삶을 밝히고 이어 나갈 것임을.

이제, 좋아하는 일을 찾아 가슴속의 숨겨둔 열정을 살려 보는 건 어떠신가요?

집 안 풍경은 집주인을 닮는다

집이라는 공간은 우리 인생의 중요한 배경과 기반이 되는 곳이다. 그 안에는 많은 감정과 순간들이 쌓인다. 삶을 더욱 풍요롭고 의미 있는 것으로 만들어 줄 수도 있다. 그러므로 집을 소중히 여기고, 그 안에서 행복과 사랑으로 가득한 인생 무대를 꾸려나가야 한다.

결혼을 하고 8번 집을 옮겼다. 공간이 중요하다고 생각하지 않았다. 의미를 부여하지 않았다. 미니멀라이프를 실천하면서 공간에 관심을 가졌다. 살고 싶은 공간으로 계속 업그레이드되었다. 꽉 차 있던 공간을 비우면 그 자리에 하얀 여백이 자리 잡았다. 거실 공간 깊숙이 햇살이 들어와 서 웃었다.

2018년에 현재 거주하는 아파트를 샀다. 네이버 부동산에 나온 매물을 보러 갔다. 22층 꼭대기 층이었다. ○○공원이 눈앞에 펼쳐졌다. 그 뒤로 팔달산이 보이고, 왼쪽으로 눈을 돌리니 화성 동문이 보였다. 지은 지 20년이 넘은 오래된 집이었지만 바로 계약했다. 화장실, 주방, 거실 확장, 큰 방 확장, 조명, 창틀, 벽지, 바닥재 등 전부 교체했다. 2천 4백만 원 들었다.

전세 살고 있었던 터라 잔금이 부족하여 그 집을 신혼부부에게 2년 계약 전세를 주었다. 전세 살고 있었던 부부가 코로나19로 2020년 6월에 나가면서 그 집으로 들어갔다. 리모델링한 지 2년이 채 안 되었는데 벌써 눈에 거슬리는 부분이 보였다. 딸과 함께 공간을 어떻게 구성할지 계속 고민하였다. 주방과 조명은 다시 바꾸고, 방문틀을 비롯하여 지난번에 미처 고치지 못하였던 부분을 다시 교체하면서 집은 뼈대만 남기고 완전히 새 옷으로 갈아입었다. 비용 2천 3백만 원이 더 지출되었다.

아파트 가격이 오르기 전에 매매한 집이어서 다행이었다. 물건도 비움을 통하여 거의 사라졌고, 흰 벽에 흰 마루까지 모녀가 생각하고 있던 미니멀라이프를 집에 들였다. 집에 필요한 모든 물건을 사들일 때 집에 대한 취향—흰색, 단순할 것, 기능이 있을 것—을 담았다. 집에 오시는 분마다 신혼집인 줄 알았다고 한다.

집은 일상이다. 삶의 배경 화면이다. 내가 주인공이다. 집은 나를 닮았다. 원하는 집을 만들었다. 내 공간에서는 이전과는 전혀 다른 시간이 흐른다.

지저분하고 정리 정돈이 안 된 집. 그런 집에 살았다. 많은 물건에 쌓여 청소도 어려웠고 하기도 귀찮았다. 손가락에 물을 묻혀서 세수한 격이었다. 가끔 가족들이 모였다. 오래되어 낡은 주방의 싱크대에서 형광등 불빛을 받으며 음식을 만들고 주방에 있는 식탁에서 재빨리 식사하고 자리에서 일어났다.

지금은 ○○공원이 내려다보이는 창가 식탁에서 식사한다. 대화가 끊이지 않으며, 식사가 끝나면 과일을 먹고, 차를 마신다. 음악도 곁들인다. 저녁이면 호텔 라운지에 앉아 있는 기분이다.

집을 위해서 무엇을 할 수 있을까를 항상 생각한다. 집을 이루고 있는 사물들을 살펴본다. 어느 것 하나 나의 손이 닿지 않은 것이 없을 정도로 매일 쓸고 닦는다. 공간 구석구석 살펴본다. 어디에 어떤 물건들이 제대로 존재하고 있는지 숨을 쉬고 있는지 손때가 묻었는지 확인하며 어루만진다.

특히 이불에 신경 쓰고 있다. 철마다 이불이 주는 느낌도 다르다. 딸의 취향이 많이 반영되었다. 여름철에 가장 피부에 와닿는다. 누울 때마다 여름철에 닿는 이불의 느낌이 좋아서 이불을 껴안고 잔다.

미니멀라이프에 대한 관심이 전혀 없을 때는 공간에 관심이 없었다. 집을 함부로 다루었다. 여백이 보이면 허전해서 그 부분을 장식품으로 꽉꽉 채웠다. 공간이란 강아지처럼 단순하게 먹고 자고, 생리적인 욕구를 해결하는 곳이었다. 청소를 신경 써서 한 적이 없다. 일주일에 한 번 겨우 쓸고 닦을 뿐이었다.

나를 닮은 집을 만들면서 자꾸만 어머니 생각이 떠올랐다. 어머니께서는 항상 집을 가꾸셨다. 시골에서 농사지으면서도 당신 집은 언제 누가 찾아오더라도 자신 있게 앉아서 쉬고 갈 만큼 동네에서 가장 깨끗하다고 소문이 났다.

10년에 한 번씩 집에 페인트칠을 다시 하고, 싱크대도 바꾸셨다. 여든이 될 때까지 어머님은 집을 돌보는 일을 게을리 하지 않으셨다. 손님이 왔다 가면 한 번 덮은 이불을 빨고, 제사, 명절이 끝나면 마당을 사이에 두고 있는 두 집을 말끔하게 청소하셨다. 집을 가꾸면서 한 번도 힘들다고 찡그리거나 화를 낸 적이 없다. 어머니에게는 집이 가장 소중한 존재였다. 비싸지 않은 그릇을 사용해도 음식이 담겨 나오면 더 우아하게 돋보였다. 바퀴벌레 다닌다고 식기 건조기를 사용하여 그릇들은 항상 뽀송했다. 예쁜 이불에 집 분위기와 잘 어울리는 커튼, 수건만큼 깨끗한 걸레 등 친정집을 떠올리면 항상 기분이 좋았다.

공간을 아끼고 가꾸면서 어머니를 떠올리는 시간은 즐거웠다. 어머니의 취향이 떠오른다. 친정집에 가면 어머니가 가꾼 그 공간을 함부로 휘젓고 다녔다. 내 집에 누군가가 와서 아무렇게나 다룬다면 무척이나 화가 나는데 어머니는 나에게 한 번도 화내지 않으셨다.

이제 고향 집에 가면 어머니를 위해서 마지막으로 가꾸고 싶은 공간이 있냐고 묻겠다. 그 집을 위해서 선물로 무엇이든 해드려야지. 좋은 공간과 멋진 삶은 닮았다. 그 공간에 모녀만의 이야기를 담고 싶다.

인생은 모두에게 주어진 한 번뿐인 공연이다. 특히 이 공연의 무대는 내가 꾸밀 수 있는 특별한 장소이다. 삶의 배경이 되는 집은 개인적인 정체성을 형성하는 데 중요한 역할을 한다. 집은 나를 표현하고, 취향과 성향을 반영하는 공간이다. 나만의 삶의 무대를 만들어 가족과 빛나는 순간들로 가득 채워보고 싶다.

5장

시작하기 좋은 날,
바로 오늘

운동은 일상에서 시작한다

어렸을 때부터 몸을 움직이는 것을 끔찍이 싫어했다. 초등학교 때 운동회 날 달리기를 하여 상을 타본 적이 한 번도 없다. 달리기를 잘하기 위하여 노력해 본 적도 없다.

초등학교 6학년 때 담임 선생님께서 초등학교에서 2km 정도 거리에 있는 우리 집 너머 삼거리까지 오래달리기를 시켰다. 친구들에게 지기 싫어 달렸다. 학교에서 출발해 달리기를 시작하면 언제나 30명 정도 되는 여학생 중에는 가장 먼저 학교로 돌아왔다. 그것뿐이었다.

중학교 때는 체육 시간이 가장 싫었다. 종이 울리면 선생님이 운동장에 나오기 전에 반 학생 전체가 4열 종대로 모여 체육부장과 함께 운동장을 돌았다. 세 바퀴를 돌았다. 가장 기억에 남는 것은 1학년 때 벽 앞에서 물구나무서기를 하는 것이었다. 지금은 어림도 없는 물구나무서기를. 체육 선생님을 미워했다. 고등학교 가서도 별로 나아진 것은 없었다. 땡볕 아래 운동장에서 운동장을 돌았다. 다른 것은 전혀 기억나지 않는다.

몸치다. 춤을 추지 못한다. 아니 추고 싶지도 않다. 한 번도 시도한 적이 없다. 운동을 한다는 것도 꿈에도 생각해 본 적이 없다. 누가 운동하느냐고 물어보면 숨쉬기 운동한다고 자랑스럽게 이야기하곤 했다.

그렇다고 몸이 아프지도 않았다. 다른 사람에 비해서 건강하다고 생각하며 운동과 담을 쌓았다.

팔에는 개 벌에게 물린 서너 개의 흉터, 음식을 만들다가 데어서 생긴 상처들이 서로 다른 색을 띠고 있다. 내 몸을 함부로 다룬 결과다. 몸이 물리적으로 상처가 났을 때 진심으로 치료한 적이 없다. 다른 사람의 몸처럼 신경 쓰지 않고 대했다.

작년에 초고를 쓰면서 여름 방학이 시작되기 전부터 몸이 아프다고 말을 하기 시작하였다. 이번에는 좀 달랐다. 온몸이 아파서 움직일 수가 없을 정도였다. 방학하고 쉬면 좀 나을 줄 알았는데 더 아프기 시작하였다. 경락 마사지를 받아도 통증이 가라앉지 않았다.

몸이 그 어느 때보다 심하게 아프다 보니 몸 관리가 필요하다는 생각이 들기 시작하였다. 전에 읽었던 『오늘부터 나를 돌보기로 했습니다』가 떠올랐다. 그때만 하더라도 파스로 해결되었던 때라 건성으로 읽었다. 특히 마라톤을 하면서 몸을 돌보았다는 이야기여서 관심에서 멀었다.

한의원에 갔다. 침을 맞으면서 미세전류 기구를 이용한 물리 치료받았다. 부항도 떠 주었다. 마지막으로 온찜질을 해주었다. 한 시간 정도 걸렸다. 3일째 되던 날 한의원을 소개해 준 지인이 맞았다는 약침까지 맞았다. 한의원을 나설 때면 나은 것 같았다.

하지만 집에 도착해서 몇 시간이 지나면 다시 아팠다. 일요일에 마사지를 받았다. 개운했다. 다 나은 것 같았다. 한 시간 지나니 다시 아프기 시작하였다. 돈과 시간이 낭비되고 있었다. 노후에 이렇게 계속 아프면 연금 받고 병원비 내면 아무것도 남지 않겠다는 생각이 강하게 밀려왔다. 돈도 날아가고 무엇보다 아프면 하고 싶은 일을 아무것도 할 수 없다. 생각만 해도 끔찍했다.

소설가 김중혁의 창작의 비밀 『무엇이든 쓰게 된다』를 읽어보면 작가에게 얼마나 많은 병이 생기는지 알 수 있다.

"글을 쓰는 것은 위험한 일이다. 글을 쓰다 보면 여러 가지 육체적인 질병이 동반될 수 있다. 가장 심각한 것은 '어깨 결림과 목 디스크'이다. 내가 아는 사람들이 어깨 결림과 목 디스크로 고생하고 있다. 하지 정맥류가 생길 수도 있고, 손목터널 증후군으로 고생할 수도 있다. 나쁜 키보드를 쓰면 손가락 타박상을 입을 수도 있다. 글쓰기 때문에 스트레스를 받으며 탈모로 고생할 수도 있고, 좋은 생각이 떠오르지 않을 때 얼굴을 자주 만지는 버릇이 생기다 보면 피부가 나빠질 수도 있다. 어쨌거나 글쓰기는 몸에 좋지 않고, 위험한 일이다."

글을 쓰는 것이 위험한 일이라고 두 번이나 경고한다. 이 글을 읽는 독자가 어쩌면 글 쓰다가 작가 되기를 포기할까 걱정될 정도다.

작가야 글을 많이 쓰다 보니 몸이 아플 수 있다. 문제는 나다. 책 한 권 쓰지도 못했는데 몸이 벌써 아프다. 더 나이 들기 전에 몸 관리하라는 명령이다. 글을 쓰지 않았다면 굳이 신호를 보내지 않았을 거야 생각하니 오히려 다행이다. 요즘 아파트 지하 주차장에서 1층으로 올라오는 계단을 걸어서 올라오면 다리가 아팠다는 것이 퍼뜩 떠올랐다.

건강을 잃으면 아무것도 이루지 못할 것이라는 위기감을 처음으로 느겼다. 한의원 가서 침을 맞아도, 마사지를 받아도 그때뿐이었더라는 걸. 정신이 번쩍 들었다. 일요일부터 동네를 네 바퀴 걸었다. 다리가 아팠다. 뒷날 아침 손끝이 덜 아팠다. 일요일부터 토요일까지 6일 동안 하루도 빠지지 않고 동네를 네 바퀴, 한 시간 이상 걸었다. 잠을 자다가 아침에 깨어나면 몸에 집중해 보았다. 손끝이 아픈가? 발끝은? 거의 아프지 않았다. 그렇다면 그동안 걷지 않아서 그랬다는 말인가?

글을 쓰다 보면 한 시간이 금방 지나간다. 몸이 저절로 알고 슬슬 아프기 시작할 때다. 이전에는 아프거나 말거나 무시하였다. 지금은 바로 일어선다. 목을 돌리는 운동을 시작한다. 오른쪽, 왼쪽으로 8번씩. 다음에는 두 팔을 깍지 끼고 높이 들어 몇 초 동안 있으면서 고개 운동하기도 한다.

주중 학교에서는 업무 보다가, 집에서는 글을 쓰다가 50분 지나면 일어서서 바닥 쓸고 닦기, 창문틀과 유리를 걸레로 닦는다. 주말에는 집에서 글을 쓰다가 목과 어깨가 아플 시간이 되면 일어나서 청소하거나 음식을 만든다. 설거지도 한다. TV를 볼 때도 소파에 앉기보다 일어서서 두 팔을 들고 스트레칭을 한다.

운동은 일상에서 습관을 만드는 것부터 시작한다.

말은 칼보다 날카롭다

말투는 타인과의 소통 방식과 인상을 형성하는 중요한 요소다. 공자는 "말은 칼보다 더 날카롭다. 따라서 혼신으로 조심스럽게 다뤄야 한다."라고 말했다. 그 시대에도 지금처럼 말을 얼마나 중요하게 여겼는지 알 수 있다.

퇴직 전에 반드시 고치고 싶은 말투. 나의 숙제다. 평상시에 다른 사람들의 마음을 아프게 했던 일을 떠올렸다. 한두 번이 아니었다. 젊었을 때부터 직접 화법을 사용하였다. 진심이 담겨 있지 않은 말을 내뱉으면 마

음이 불편하였다. 솔직하지 않으면 안 된다고 생각하여 다른 사람이 거
짓말하는 것을 보면 참지 못하고 화가 났다.

"말은 시드니의 해변 모래처럼 사라질 수 있지만, 그렇다고 그 흔적이
사라지는 것은 아니다."
-로스 앤드루스

에피소드 1
2004년 딸이 초등학교 4학년, 겨울방학 때 제주도에서 중학교 3학년
조카가 서울로 올라왔다. 외고에 합격하고 서울대학교 진학이 목표라 했
다. 학교를 보고 싶어 해서 서울대학교 가서 딸과 함께 한 바퀴 돌며 구
경했다. 대학로로 향했다. 반지하 극장에서 별로 알려지지 않은 개그맨
들이 연극을 하고 있었다. 제목도 내용도 생각나지 않고, 극단 이름도 기
억나지 않는다. 몇 명 되지 않은 관객이 있었다.

개그맨들은 무대 위에서 관객들을 위하여 열심히 온몸으로 웃겼다. 옆
의 딸과 조카를 흘낏 보니 재미있다고 깔깔거렸다. 팔짱을 끼고 계속 쳐
다보았다. 사람들은 뭐가 재미있다고 웃는 거지? 극이 끝났다. 배우들이
무대 위에서 인사를 하고 재미있었냐고 물어보았다. 다들 재미있었다고

외치는데 짜증 난 얼굴의 나를 보았나 보다. 배우 중의 한 명이 애써 웃으며 이렇게 말했다.

"어머니, 재미가 있으셨어요?"

  ….

"재미 하나도 없는데요." 퉁명스럽게 대답했다.

그 순간 극장의 무대와 관객석. 호흡이 정지되었다. 아무도 숨을 쉬지 않았다.

한마디 더 거들었다.

"왜 재미있는지 모르겠어요."

딸이 바로 자리에서 일어섰다. 밖으로 나갔다. 따라나섰다.

"엄마하고 다음부터 절대로 같이 보러 오지 않을 거야."

에피소드 2

2013년부터 2018년까지 ○○○중등진로교육연구회 회원이었다. 어느 날 ○○정보산업고등학교에서 직무연수가 끝났을 때, 경인 교대 교수님께서 다른 분과 함께 교구를 설명하러 오셨다. 교구들을 나누어주었다. 땀을 뻘뻘 흘리면서 자신들이 만든 게임 관련 진로 수업 교구들을 설명하는데 처음부터 나는 시큰둥하고 떫은 표정으로 들었다. 게임을 좋아하지 않아서 그런지 교구들이 눈에 들어오지도 않고 돈을 벌기 위하여 온 것만 같았다. 교수님의 설명이 끝나고 어떠냐고 물어보았다.

"이것을 왜 배우는지 모르겠어요."

모든 상황에서 그런 것은 아니었지만 마음에 들지 않으면 함부로 말을 내뱉었다. 교과 대표가 모인 교육과정위원회에서 수석 교사에게 업무가 중요한데, 일을 왜 안 하느냐고 쏘아붙였다. 말 때문에 열심히 일한 모든 것이 계속 허공에 날아갔다.

명예퇴직하시는 교장 선생님께서 "양 부장, 일하고 싶으면 아무 말도 하지 말고 조용히 일만 하고, 투덜거리면서 일을 할 것이면 아무 일도 하지 마." 하시며 떠나셨다. 처음에는 잘 몰랐다. 사람들이 왜 나를 가까이 하려고 하지 않는지, 일하느라 관심도 없었다. 나는 열심히 일하고 있는데 다른 선생님들은 왜 일을 안 하지라고만 생각하였다.

그 학교를 떠나 중학교로 갔다. 계원이 없다. 혁신학교에서 모든 선생님이 열심히 일하는 모습을 보았다. 그 모습을 보면서 조금씩 마음의 숨을 쉴 수가 있었다. 선생님들에 대한 뾰족한 감정이 사라지고 각 부서에서 운영하는 일에 협조하기 시작하였다. 마음이 편안해졌다.

교사, 학생들에게 함부로 말을 하지 않으려고 노력하고 있다. 좋은 말을 하기 위하여 상대방의 좋은 점을 찾고 말로 표현하였다. 특히 변화된 모습이 보이면 놓치지 않고 칭찬하는 말로 대화를 시작해 보았다. 내 말을 듣는 상대방의 얼굴을 살펴보았다. 좋아하는 얼굴이 눈앞에 펼쳐졌다.

이 부서 저 부서 다니면서 말을 옮기지 않았다. 말을 많이 하지 않고 되도록 필요한 이야기만 하고 나왔다. 내가 상대방에 대한 말을 옮기지 않는데 다른 사람들이 내 말을 하겠는가. 가끔 업무로 다른 사람과 부딪치기도 한다. 업무를 좀 더 해주면 좋겠는데 나의 지나친 욕심이라 생각하며 '그래 내가 그냥 하고 말자.' 하며 다른 사람에 대한 기대를 내려놓았다. 마음이 편안해졌다. 가끔 화나는 일이 생기면 진로교과실에서 혼자 중얼거리면서 투덜대곤 한다. 기분이 풀렸다. 혼자 웃었다.

진작 사람들이 내가 하는 말을 듣고 어떻게 생각할까를 조금이라도 관심을 가졌더라면 얼마나 좋았을까. 말투를 바꾸려고 노력하였을 텐데. 내 말을 듣고 다른 사람들이 상처받을 거라는 생각을 미처 하지 못하였다. 거짓말을 조금이라도 하면 큰일이 생기는 줄 알았다. 가끔은 선의의 거짓말도 필요하다는 것을 늦은 나이에 깨달았다. 다른 사람들의 언행을 보면 감동의 눈빛에 혼을 담아 구체적으로 칭찬한다. 습관을 바꾸기 위하여 스스로 노력하는 내가 좋다.

앞으로 40년은 더 살아가야 하는데 말투 덕분에 사람들이 더 행복하고, 무얼 해도 잘되는 내가 되었으면 좋겠다.

"말은 힘이다. 어떻게 말하는가에 따라 인생이 결정된다."

−푸블릴리어스 사이러스

머리보다 몸 쓰는 습관을 만든다

문제 해결 능력은 경험을 통해 향상될 수 있다. 주어진 상황에서 최선의 해결책을 찾으려면 시간과 노력이 필요하다. 차근차근 온몸으로 연습하고 나날이 한 단계씩 발전시키는 것이 중요하다. 즉 머리보다 몸을 써야 한다.

살다 보면 머리만으로는 문제를 해결할 수 없는 순간들이 있다. 특히 목표를 이루기 위해서는 머리로 계획을 세우는 것만으로는 충분하지 않다. 몸을 움직여서 실제로 행동하는 것이 더 중요하다.

2년 전 작가가 되겠다고 목표를 세웠다. 작가가 되기 위하여 세부 하위 목표인 일기 쓰기, 아침 독서, 블로그 글쓰기, 독서 노트 쓰기 등을 설정했다.

새벽 4시에 일어나 가장 먼저 점검표를 꺼내어 체크를 했다. 작가가 되기 위한 작은 습관 말고 돈, 건강에 관련된 내용이 더 있다. 점검표에 하루에 한 번 체크를 하면서 지내다 보니 어느새 무엇을 잘하고 있는지, 어떤 내용을 잘못하는지 한눈에 들어왔다. 내가 먼저 사용해보고, 진로활동을 가르치는 선생님께 목표 수립을 하고, 실행 여부를 체크하기 위한 점검표를 사용해보라고 주었더니 실제로 수업 시간에 사용해보고 좋다고 하였다.

일기 쓰기와 독서는 갱년기 증상으로 아침잠이 사라진 상태에서 시작한 것이어서 그다지 어렵지 않았다. 일어나면 바로 차를 마시고, 일기를 쓴다. 오늘 일기 쓰는 것이 아니고 어제 일기를 쓴다. 어제 있었던 일 중에서 가장 기억에 남는 일을 기록한다. 독서를 한다. 이 책 저 책 가리지 않고 초고와 관련된 내용의 책을 찾아 읽는다. 줄을 긋고, 인용할 페이지는 모서리를 접는다. 마음에 드는 문장은 독서 노트에 옮겨 적는다.

(작가가 되기 위한) 작은 습관 만들기 체크리스트

	1. 일기 쓰기	2. 아침 독서	3. 블로그 글 쓰기	4. 독서 노트 쓰기
1				
2				
3				
4				
5				
6				
7				
8				
9				
10				
11				
12				
13				
14				
15				
16				
17				
18				

19			
20			
21			
22			
23			
24			
25			
26			
27			
28			
29			
30			
31			

블로그 글 쓰는 시간은 주로 아침 시간이다. 처음에는 블로그 글쓰기 시간을 정하지 않고 아무 때나 썼다. 지금은 주로 아침에 학교에 도착해서 7시 30분부터 8시 30분까지 시간을 이용한다. 작년부터 새로 만든 습관이다. 업무 시간에는 학교 일만 하고, 업무 시간 외는 성장을 위한 자기 계발하기로 결정을 내렸다. 특히 나의 미래를 위해 '긴급하지 않지만 중요한 일'에 투자하기 위해서는 서서히 반복을 통해 습관을 만들어야 하기 때문이다.

독서 노트는 독서 후 바로 기록해야 한다. 잘 안 되는 영역이다. 이 부분도 하루 중 시간을 정해서 반드시 할 수 있도록 해야 해서 어느 시간을 이용해야 할지 생각해야겠다. 사실 이 부분은 독서 모임을 만든다면 저절로 해결할 수 있다. 지금 생각은 내년에 학생들을 대상으로 독서 동아리를 만들 계획이다. 올해 학교를 옮기면서 학교 상황을 잘 몰라 할 수 없었다. 학생 동아리가 구성이 안 된다면 교사들을 모집해서 교사 독서 동아리를 만들 예정이다. 이 주일에 책 한 권을 정하고, 만나서 이야기를 나눈다면 이 문제는 저절로 해결되지 않을까.

목표를 달성하는 데에는 지체하지 말고 행동을 취해야 한다. 머리로 계획을 짜는 것이 중요하지만, 그 계획을 실천하지 않는다면 아무런 결과가 나타나지 않기 때문이다. 목표를 위해 머리로 생각하고, 몸을 움직여 실천하는 것이 성공의 열쇠다. 계획은 지도일 뿐, 발걸음이 여정을 결정한다. 천천히 가더라도 앞으로 가야 성공을 만난다.

나를 빛내주는 사람은 어디에 있을까

    나를 빛내주는 사람과 만나야 하는 이유는 다양하다. 특히 서로에게서 영감과 동기 부여를 받을 수 있다. 나를 빛내주는 사람과 함께 시간을 보내면 그들의 긍정적인 에너지와 모범적인 행동으로 영감을 받을 수 있다. 그들의 노력과 성취를 보고 더 나은 삶을 살기 위해 노력하게 됨으로써 동기 부여도 된다. 어려움이나 스트레스가 있을 때 나를 빛내주는 사람과 함께 이야기하고 공유하면 감정적인 지지와 공감을 받아 마음의 안정과 안도감을 느낄 수 있다. 스승과 제자 사이가 가장 대표적인 사례로 많이 등장한다.

〈BLACK〉이라는 영화를 보았다.

미셸은 세상이 온통 어둠뿐이었던, 보지도 듣지도 못하는 8세 소녀다. 아무런 규칙도 질서도 모르던 미셸에게 모든 것을 포기한 그녀의 부모님은 마지막 선택으로 장애아를 치료하는 사하이 선생님을 부른다. 포기를 모르는 그의 굳은 믿음과 노력으로 끝내 그녀에게도 새로운 인생이 열린다. 그녀를 세상과 소통하게 해준 마법사 사하이 선생님은 세상에 첫 걸음을 내디딘 미셸의 보호자가 되어준다. 그러던 어느 날, 사하이 선생님은 아무런 예고 없이 조용히 그녀 곁을 떠난다. 미셸은 사하이 선생님을 애타게 수소문하는 한편, 그의 가르침대로 세상을 향한 도전을 멈추지 않는다. 미셸을 빛나게 해주었던 사하이 선생님. 성인이 된 미셸은 노인이 되어 잘 걷지도 못하고 치매에 걸린 사하이 선생님 곁에서 도움을 준다.

나를 빛내주는 사람과 함께 있으면 행복하고 즐거운 순간들을 함께 나눌 수 있다. 서로에게 긍정적인 영향을 미치고 삶을 더 풍요롭게 만들 수 있다. 상호 간의 신뢰와 이해를 바탕으로 서로를 빛내주는 관계로 발전할 수 있다. 이를 통해 더 깊은 감정을 나누며 서로를 존중하고 지지할 수 있다.

나를 빛내주는 사람은 어떤 사람일까? 영감을 주는 사람, 지지를 해주는 사람, 행복을 주는 사람들이다. 영감을 주는 사람은 어떤 사람의 행동, 태도, 또는 성과 등으로 인해 자신의 에너지와 열정을 불러일으키는 사람이다. 작곡가, 가수, 시인이다. 지지를 해주는 사람은 어려운 시기나 도전적인 순간에 함께 지지해주고, 힘이 되어주는 사람을 말한다. 그들의 지지로 인해 어려움을 극복하고 성장할 수 있다. 딸, 지명숙 교장 선생님, 장혜숙 선생님, 문현숙 선생님, 민춘홍 선생님, 나형란 선생님, 존경하는 오해철 선생님, 작사가의 길을 열어준 작곡가, 몇 명의 제자 성식, 은지, 태섭 등을 떠올리는 이 순간이 너무 소중하다.

〈파바로티〉라는 영화가 있다. 음악 선생님과 제자가 등장한다. 한때 잘 나가던 성악가였지만 지금은 촌구석 예고의 음악 선생인 상진(한석규). 싸늘한 교육열, 까칠함만 충만한 그에게 청천벽력 같은 미션이 떨어진다. 천부적 노래 실력을 지녔으나, 일찍이 주먹세계에 입문한 건달 장호(이제훈)를 가르쳐 콩쿠르에서 입상하라는 것이다. 전학 첫날 검은 승용차에 어깨들까지 대동하고 나타난 것도 모자라, 수업 중에도 큰형님의 전화는 챙겨 받는 무늬만 학생인 장호가 상진은 못마땅하다 장호의 노래를 들어볼 필요도 없이 결론을 내린다. "똥인지 된장인지 꼭 찍어 먹어봐야 아냐?" 주먹과 노래 두 가지 재능을 타고났으나 막막한 가정환경으로 인해 주먹세계에 뛰어든 장호다. 비록 현실은 파바로티의 이름 하나 제대로 모르는 건달이지만 성악가가 되고픈 꿈만은 잊은 적 없다. 이런 자신을 가르쳐 주기는커녕 툭하면 개나 소나 취미로 하는 게 클래식이냐며 사사건건 무시하는 선생님 상진의 태도에 장호는 발끈한다. 그래도 꿈을 포기할 수 없는 장호는 험난하고 까칠한 상진과의 관계를 이어간다. "쌤요. 내 똥 아입니더!"

행복을 주는 사람과 함께 있을 때 행복하고 즐겁다. 그와 함께 있을 때 마음이 밝아지고 기분이 좋다. 〈파바로티〉 마지막 장면에서 제자(장호)가 선생님(상진)을 위해 부르는 노래 〈그대 내게 행복을 주는 사람〉 가사 일부다.

그대 내게 행복을 주는 사람 내가 가는 길이 험하고 멀지라도
그대 내게 행복을 주는 사람
때론 지루하고 외로운 길이라도 그대 함께 간다면 좋겠네

장호는 자신을 빛내주는 사람 상진과 함께 있는 과정에서 자아를 발견하고 더 나은 방향으로 성장하였다. 상진도 상호작용을 통해 새로운 가능성을 탐색하고 제자 장호의 능력을 발전시켰다.

행복을 주는 사람들은 우리 삶에서 특별한 의미를 지니며, 자신의 감정과 에너지를 긍정적으로 영향을 끼치도록 도와준다. 그래서 그들과 함께 있을 때 더욱 강력하고 행복한 삶을 살아갈 수 있다.

나를 빛내주는 사람과 만나는 것은 삶을 더 풍요롭고 의미 있게 만들어 주는 보람 있는 경험이다. 동시에 우리도 그들을 빛내주는 사람이 되어 그들에게 행복과 감사를 전해주는 것이 중요하다. 그대에게 행복을 주는 사람이 되고 싶다.

소소한 행복을 찾는 연습이 필요해

일본 작가 무라카미 하루키가 어느 수필집에서 '갓 구운 빵을 손으로 찢어 먹는 것'이라 말했던 그 정도의 소소함이 아주 작은 행복이다. 우리는 삶 속에서 큰 목표를 향해 달려가는 동안 소소한 순간들을 놓치곤 한다. 삶에서 커다란 성취만이 행복을 주는 것은 아니다. 소소한 행복은 일상의 작은 순간이다. 큰 기대 없이 감동과 만족을 준다.

우리는 더 많이 성취하기 위하여 노력하는 것은 당연히 중요하게 여긴다. 하지만, 그 과정에서 우리 자신의 느낄 수 있는 감정과 작은 기쁨을 소홀히 해서는 안 된다. 소소한 행복을 느끼고 살아가는 것은 삶의 무게와 압박 속에서 희망과 힘을 얻는 방법이다.

한때 교사로서 일만 하느라고 나를 전혀 돌보지 않고 살았다. 2020년에 그 사실을 깨달았다. 지금 이렇게 글 쓰고 있지만 그 당시는 심각했다. 일상에서 소소한 행복을 찾는 연습을 통해 삶을 풍요롭게 만들었다. 어떻게 하면 소소한 행복을 찾을 수 있을까?

우선, 주변의 아름다움과 사소한 기쁨들을 더 깊이 관찰하고 감사하며 받아들일 필요가 있다. 일상에서 스트레스를 받거나 불안하면 잠시 멈추어 주변의 작은 기쁨들을 발견하는 것이 무엇보다 중요하다.

일상에서 내가 누리는 소소한 행복을 찾아보았다. 목욕탕 안에 물을 받아 몸을 담그고 좋아하는 음악 〈하얀 이별〉을 들을 때, 강아지 복실이와 고향에서 잘 만들어진 하천인 신례천 산책로를 거닐 때, 딸과 맛있는 음식을 먹을 때, 딸이 운전하는 차를 타고 여행할 때, 마음에 드는 식물을 사고 집에 들어올 때, 식물이 물을 먹고 꿀꺽꿀꺽 소리를 낼 때, 현관문을 열고 들어서서, 깨끗한 집을 보았을 때, 비 내리는 날 22층 꼭대기 집 거실에서 ○○공원을 쳐다볼 때, 잔잔한 겨울 바다를 쳐다볼 때, 제주도 서귀포시 길 한복판에서 가로로 길게 누워 있는 한라산을 볼 때, 밤 8시에 동네 네 바퀴를 한 시간 동안 걸었을 때, 시를 읽다가 영혼을 건드리는 문장을 만났을 때, 향수 '몽파리'를 살짝 뿌리면 은은하게 향기가 내 코로 스며들 때 등 찾아보면 하루에 한 번쯤 소소한 행복을 얼마든지 찾을 수 있다.

더 나아가 소소한 행복을 주는 취미를 찾거나, 작은 목표를 세워 성취감을 느끼는 것도 좋은 방법이다. 소소한 행복을 주는 취미를 찾아서 계속하다 보면 퇴직 후의 삶과 연관시킬 수 있다. 시댁 어르신 중 한 분이 취미로 시작한 서각(목공예)에 빠져 습작 후 7년 만에 전시회를 열었다. 귤 농사를 지으면서 틈틈이 자기만의 시간을 투자해서 공부하고 기술을 익혀 예술가로 우뚝 섰다. 50점 넘게 만든 작품들은 50% 이상 팔렸다. 돈을 벌기 위하여 시작한 일이 아니었을 텐데 돈까지 벌고 이보다 더 좋은 일이 어디 있을까.

일상에서도 즐거움을 찾을 수 있는 습관을 기르는 것이 중요하다. 학교 일에 바쁘다고 가족 생일도 그냥 아무렇지 않게 보냈다. 의미를 부여하지 않았다. 지금은 가족의 생일을 챙기려고 노력한다. 가족 생일이면 시누이까지 불러 이왕이면 맛있는 음식을 먹는다. 조카들의 입학식도 챙겨준다. 나만의 이벤트를 기획하기도 한다. 특별한 날이 아니어도 평범

한 일상이 특별한 순간으로 느껴질 수 있도록 노력해야 한다. 일상을 잘 살아야 한다. 잘 사는 일상을 블로그에 기록하여 추억으로 저장한다.

마지막으로, 우리는 소소한 행복을 나누는 기쁨을 느낄 수도 있다. 주변 사람들과 함께 기쁨을 나누면 더 큰 행복을 느낄 수 있다. 며칠 전에 강원도에 사는 지인이 커다란 바구니 가득 감자를 보냈다. 나를 좋아하는 언니가 먹으라고 특별히 실한 것만 보낸 것을 단번에 알 수 있었다. 이 많은 것을 어떻게 다 먹을까 고민하다가 건우에게 전화했다. 조금 있다 집으로 왔기에 반을 덜어서 보냈다.

이전에 건우네 집에서 먹을 것이 생기면 자주 우리 집으로 보냈다. 종류도 다양했다. 처음에는 받으면 돌려주어야 된다고 생각해서 화냈다. 더구나 내가 좋아하지 않은 음식들이 오면, 어떻게 하지! 하고 고민했다. 경비실 기사님 등 필요한 사람에게 보내곤 했다.

지금은 누가 어떤 음식을 주든지 감사하게 받는다. 내가 좋아하지 않는 음식이면 이 음식을 좋아할 사람을 찾아 보낸다. 시골에서 농사지은 야채들을 가져오면 감사하게 받는다. 밭에서 농사를 짓게 되면서 농사를 지은 사람에게 고마운 마음을 가진다. 나중에 어떻게 하든지 방법을 찾아 감사드리려고 노력한다.

큰 목표를 향해 달려가는 동안에는 더욱더 작은 순간들을 놓치지 말아야 한다. 다시 오지 않을 현재를 떠나가는 시간이기에. 작은 것에서 아름다움을 발견할 수 있도록 관찰하는 눈을 크게 뜨자. 소소한 행복을 찾는 연습을 하면 훨씬 더 풍요로운 삶을 살아갈 수 있다. 행복을 느끼는 연습을 통해 삶의 진정한 행복을 발견할 수 있다.

나도 호모 루덴스였다

기대 수명 120세 시대가 되어가고 있다. 62세 정년퇴직 후 60년을 다시 살아야 한다. 60년이란 시간을 그냥 흘려보내기엔 너무 길다. 강원국 작가도 『강원국의 글쓰기』에서 "무언가를 하면서 새로운 60년을 살기 위해선 내가 잘하는 것, 관심 있는 것, 잘 아는 것, 좋아하는 것이 있어야 한다. 그것이 나를 보여 줄 수 있는 콘텐츠다. 그리고 '살아온 이야기(콘텐츠)'를 풀어놓는 데 가장 좋은 선택이 책 쓰기다."라고 말했다.

정년퇴직하기 전 책을 써서 작가가 되기로 결심하였다. 작가가 되려면 글쓰기를 먼저 해야지. 맨 처음 도전한 블로그 글쓰기. 아는가? 강원국 작가도 블로그 글쓰기를 사랑하고, 전직 MBC 드라마 PD 김민식 작가까지 7년을 매일 아침 블로그에 글을 올려 『매일 아침 써봤니?』를 출판할 정도로 블로그에 푹 빠져 살고 있다.

블로그에 글을 한 편 포스팅하면 네이버 해피빈에서 100원이 지급된다. 콩 하나로 준다. 콩은 해피빈에서 기부를 할 수 있는 무료 재화 수단이다. 해피빈에서 모금함에 직접 기부하거나, 함께 모아서 기부할 수 있는 저금통에 사용할 수 있다. 받은 콩은 소멸 기간이 있다.(평균 3~6개월) 지난번에 이것을 모르고 6개월이 지날 때까지 기부하지 않았다가 몇천 원이 그대로 날아갔다. 콩이 의미 있게 사용될 수 있도록 석 달에 한 번씩 모금함에 기부해야 한다. 그렇게 모아서 기부한 돈이 벌써 29,900원이 되었다. 블로그에 포스팅하면서 열심히 콩을 모은다. 즐겁게 놀고 있다.(문화사를 연구한 요한 하위징아에 의해 창출된 호모 루덴스(Homo Ludens : 유희적 인간)라는 용어에서 '유희'라는 말은 단순히 논다는 말이 아니라, 정신적인 창조 활동을 가리킨다.)

2년이 넘었다. 7월 20일 블로그에 접속했더니 다음과 같은 내용이 떴다.

"지우기님! 에드 포스트 수익 대상이 되셨어요. 블로그를 미디어로 등록해보세요!" 그리고 가입 순서를 그림으로 보여 주었다. 에드 포스트에 가입하고 블로그를 미디어로 등록하고 광고 노출 후 수익을 창출하는 순서였다. 나도 모르게 흥분되었다. 블로그 할 때부터 광고 붙어 있는 블로그를 보면서 '나도 광고 붙이고 싶다'고 막연하게 생각했던 일이 드디어 이루어졌다.

독자들을 배려해서 쓰는 글이 아니어서 인기는 없다. 555명의 이웃, 전체 누적 방문자 수 45,404명, 하루에 찾아오는 수도 60명 내외다. 그런데 2년 동안 쓰기를 포기하지 않고 열심히 포스팅했다고 네이버에서 인정한 것이다. 수익이 문제가 아니다. 그런 대상이 되었다는 것이 중요하다. 바로 에드 포스트 가입하고 미디어(블로그)를 등록했다.

다음 날부터 포스팅한 글 가운데와 마지막 부분에 광고가 따라붙었다. 가운데 광고 때문에 내 글이 살짝 지저분해 보이는 느낌은 들었지만 뭐, 어때! 광고로 수입이 생기면 더 좋지. 다른 사람이 내가 포스팅한 글을 읽다가 글 중간에 붙어 있는 광고나 글이 끝나면 붙어 있는 광고가 궁금해서 클릭만 하면 돈이 들어오는 구조다. 여기에서 생기는 수입은 유기견 센터에 100% 기부할 생각이다. 2023년 7월 21일부터 9월 8일까지 블로그 예상 수익을 확인하였더니 3,724원 수입 예정이라고 떴다. 블로그 포스팅을 시작하면 끝까지 포기하지 않기를 바란다. 퇴직 후에 적극적으로 포스팅하다 보면 혹시 아는가? 한 달에 통닭 한 마리 값을 넘어 몇십만 원이 나올지. 일단 시작해 볼 일이다.

블로그 글쓰기를 포기하지 않고 여기까지 온 것만으로도 만족한다. 처음에 블로그 하면서 서로 이웃 맺은 이웃들을 가끔 들여다보면 처음 시작한 것에서 거의 나가지 못하고 포기해서 더 이상 글을 올리지 않는 사람도 적지 않다.

뿌듯하다. 쉽지 않은 일을 한다는 자부심이 있다. 남들은 게임하면서 재미있다고 하는데 나는 블로그에 글을 쓰면서 놀고 있다. 재미를 알았다. 재미가 별것인가?

그리고 유튜브 '윤스가' 채널을 위해서 작년 12월부터 동영상 편집과 섬네일 만들기를 하고 있다. 컴퓨터로 하는 작업이어서 컴맹인 내가 이 일을 할 수 있을 것이라는 생각은 꿈에도 하지 않았는데 하고 있다. 독학으로 미리 캔버스에서 섬네일 만드는 방법을 터득했다. 동영상 편집은 필모라 프로그램을 이용해서 만든다. 자막 넣기도 할 수 있다. 이 모든 것이 재미있다. 조금 더 연습한다면 정년퇴직 후에 나도 유튜브에 도전할 수 있다고 생각하면서 즐겁게 연습하고 또 연습한다. 수익이 나면 역시 기부하고 싶다. 마음에 들지 않는 섬네일은 10번 이상도 만들어 본다. 동영상 편집도 10번 이상 하다 보면 창작 가사에 맞추어 어느 정도 마음에 들게 할 수 있다.

마지막으로 글쓰기 수업을 열심히 듣고 있다. 지금까지 살아온 이야기는 현재의 콘텐츠로 책을 출판하고 작별하고 싶다. 전자책 쓰기도 도전하겠다. 종이책을 써 보니 전자책 쓰기는 내용만 정하면 바로 쓸 수 있을 것 같다.

블로그 글쓰기, 유튜브 섬네일과 동영상 제작을 비롯한 일반적인 글쓰기 활동은 나라는 사람이 어떤 사람인지 보여 줄 수 있는 매개체다. 창작 활동을 통하여 인간으로 살아 있음을 느끼게 해주는 동시에 사랑하는 나 자신을 위하여 먹는 따뜻한 한 그릇의 국밥이다. 순수한 아름다움을 창조하는 동시에 재미를 선사한다.

매일매일 살아가는 이야기를 쓰다 보니 미래에 무엇을 할지 콘텐츠가 보이기 시작했다. 책 쓰기 하면서 작가로 산다. 그리고 아프게 살아온 사람들의 마음을 치유하기 위한 글쓰기 코치로 산다. 퇴직 후에 고향에 돌아가서 나이를 막론하고 글을 쓰고 싶어 하는 사람들을 대상으로 글쓰기 지도한다. 책 쓰기까지 도전하여 출판할 수 있게 도움을 주고 싶다는 꿈이 차곡차곡 쌓이고 있다.

이제는 글을 쓰는 것이 의무가 아닌 즐거움이다. 나만의 속도로 글쓰기 시간이 진행되고 있다. 노트와 펜은 항상 내 손에 닿는 곳 어디든 놓여 있다.

퇴직 후 걸어갈 새로운 길을 찾았다. 이제 길을 만들기 위하여 더 많은 시간을 쓰고 있다. 가족과 함께 보내는 풍요로운 순간들, 오랫동안 소홀했던 취미와 관심사에 더욱 집중하며 삶의 다양한 모습을 탐구하고 싶다.

은퇴가 나에게 줄 자유로운 시간을 최대한 활용하여 새로운 경험과 추억을 만들 아름다운 나를 위하여.

100살에 가장 눈부실 나를 위하여.

아름다운
마무리는

끝이 아니라
새로운 시작이다

지난 2년 동안 오롯이 나를 위하여 많은 시간을 달렸다.

내가 좋아하는 일을 드디어 찾았다. 글쓰기였다.

블로그에 글을 썼다. 일기를 썼다. 책을 쓰기 위하여 글을 썼다. 책을
쓰기 위하여 책을 읽었다.

국어 교사는 글쓰기 수업 들으면 안 될까.
딸이 난리를 쳤다.

"돈을 내고 글쓰기 수업을 들어?" 눈을 치켜뜨고 쳐다보았다.

"내가 가르쳐 줄게."

이랬던 딸이 추천사를 흔쾌히 써 주었다.

친한 선배 선생님도 "국어 교사가 돈을 주고 글쓰기 수업을 들어?" 모임에 나갈 때마다 이해할 수 없다는 표정으로 쳐다보았다. 책을 다 쓴 나를 보고, 지금은 놀라운 눈으로 쳐다본다. "이름을 바꾸더니 정말 다른 사람이 되었네!"

혼자 길을 가면 헤매다 중간에 포기할 수 있다. 글쓰기 방법을 제대로 알지 못해서 시간이 걸릴 수도 있다. 옆에서 코치해주는 선생님이 있다면 글을 쓰다 막막할 때 도움받아 시간을 단축하고 정신 건강도 지킬 수 있다. 글쓰기 지도 선생님을 찾아 코칭을 받아야 한다.

주변에 만나는 사람에게 글을 쓰며 살아보라고 외쳤다. 그 누구도 내 말에 귀를 기울이지 않았다. 내 말을 아무도 듣지 않네. 어떡하지? 결론을 내렸다. 그래. 내가 먼저 책을 쓰자. 빨리 책을 출판해서 그 책을 건네주며 글을 쓰라고 해야겠어. 목표가 생겼다. 마침내 책 쓰기를 완성했다.

눈부시게 빛날 100세를 향한 1차 준비를 마쳤다. 버킷리스트 목록을 실행하여 하나씩 지우는 기쁨을 계속해서 노래하고 싶다.

『세상 끝』의 카페에서 세계의 끝, 삶의 의미를 주문받는 카페에서 아래 세 가지 질문을 받고 이 질문에 대한 해답을 찾는다면, 인생의 두 번째 문이 열린다고 한다. 이 책을 읽어보니 나는 세 가지 질문에 대한 답을 이미 찾아 실행하고 있었다.

당신은 왜 여기 있습니까?

죽음이 두렵습니까?

충만한 삶을 살고 있습니까?

명예퇴직 고민하는 선생님들에게 권하고 싶다.

먼저, 퇴직을 고민하고 유예하는 그 시간부터 퇴직하기까지 자신이 좋아하는 일, 잘하는 일, 앞으로 하고 싶은 일, 진심으로 행복한 일을 찾아라. 둘째, 버킷리스트 작성하라. 셋째, 버킷리스트 도전 과정을 통하여 퇴직 후 제2·제3의 인생 무대에 등장할 수 있게 준비한 후 학교 무대에서 당당히 퇴장하자.

이 책이 나오기까지 옆에서 말없이 응원해준 남편과 가족, 겉으로는 디스하는 척하지만, 마음으로 나를 사랑하는 딸, 항상 따뜻하게 맞이해 주는 윤스가 가족들, 언제든 생각나서 문자를 보내면 호주에서 답을 해 주는 연성이부터 찬미, 승연, 찬희, 태섭, 은지와 성식이를 비롯하여 나를 빛나게 해주는 제자들, 아주 오래전 만난 것처럼 허물없이 글쓰기에 용기를 준 홍순옥 상담 선생님, 항상 글을 잘 쓴다고 격려를 해준 황상렬 작가님, 무엇보다도 진로 교사를 위해서 누군가가 해야 할 작업을 했다고 추천사를 써 준 박정근 회장님, 미다스북스 출판사 여러분들 진심으로 감사드립니다.